Glücksspagat

Patricia Görg

Glücksspagat

Eine Erzählung

Berlin Verlag

Umschlaggestaltung:
Nina Rothfos und Patrick Gabler, Hamburg
Gesetzt aus der Stempel Garamond
durch psb, Berlin
Druck & Bindung:
Friedrich Pustet, Regensburg
Printed in Germany 2000
ISBN 3-8270-0354-7

Gedruckt auf chlor- und säurefreiem Papier

Laß dein Brot über das Wasser fahren,
so wirst du es finden nach langer Zeit.
Prediger Salomo 11, 1

Um fünf Uhr tauscht Maat seinen Dienstanzug gegen Hemd und Hose, kämmt sich und betritt die Gegenwart durch den Hinterausgang. Tieffliegende Vögel kommen ihm entgegen. Zeitungen wehen an ihm vorbei. Maat geht nach Hause.
In seinem Rücken schließt das Museum. Ein Saal nach dem anderen verlischt. Die Garderobenfrauen sammeln vergessene, noch tropfende Schirme. Sie zählen das Trinkgeld und schlüpfen in Übergangsmäntel. Es ist die Jahreszeit gedeckter Farben. Es wird früh dunkel.
Maat geht nach Hause. Tankstellen spenden Licht. Sie wachsen über der Straße zusammen wie Alleebäume. Maat geht. Gleichförmig wird die Kulisse an ihm vorbeigezogen. Er kann die eigenen Schritte nicht hören. Autotüren schlagen. Markstücke springen aus Einkaufswagen. An den Ampeln pulsiert ein metallischer Ton für die Blinden.
Hinter Maat, im ausgelöschten Museum, versinken Bilder, die aus großer Ferne kommen.

Zu Hause zieht Maat seine Schuhe aus. Er legt sich aufs Sofa. Sein Kreuz tut ihm weh. Er hat den

ganzen Tag gestanden oder ist gegangen, mit auf dem Rücken verschränkten Händen, mit Schritten, die seit Jahren gleich weit ausgreifen, und seine Haare werden langsam schütter.
Maats Wohnung ist sein Hafen. Sie ist der einzige Ort, an dem er liegen kann. Die Welt spült abgeschwächte Wellen gegen ihre Wände.
Maat schaltet den Fernseher ein. Die Sendung, die gerade läuft, heißt Glücksspagat. Er sieht sie jeden Tag. Eine Kandidatin tastet mit verbundenen Augen nach Gewinnen. Ihre Fingerkuppen fahren über Waschmaschinen, Spülmaschinen und Kühlschränke. Sie rät erst lautlos, dann nennt sie fragend einige Namen. Der Spielleiter faßt sie an der Schulter und lacht. Er zeigt auf seinen Mund. Maat sieht, daß dort, auf heraushängenden Kassenstreifen, die richtigen Namen der Geräte stehen. Er sieht die Finger der Kandidatin, gerahmt vom Fernseher. Die Finger schwimmen aufgeregt hin und her, wie kleine Fische, die nahe der Wasseroberfläche ihren Schwarm verloren haben. Maat liegt auf dem Sofa und schnarcht.

Morgens geht Maat ins Museum. Er geht über einen sanft ansteigenden, gelben Hügel. Links und rechts stehen Galgen im ersten Licht. Hunde spielen. Frauen tragen Körbe mit Obst. Maat lächelt.

Er wirft Geld in den Hut eines Blinden. Am Horizont ragt das Museum auf. Seine Fenster leuchten. Alle Wegweiser weisen in seine Richtung. Ausgestreckte Arme aus Holz; verwitterte Kompaßnadeln; Steine, die halb umgesunken sind, die halb auf das Museum und halb auf den Himmel zeigen. Maat folgt ihnen. Er geht querfeldein.
Aus anderer Richtung kommen die Garderobenfrauen. Von ihrer Haltestelle, an der sie aus dem Bus steigen, bis zum Museum reden sie wenig. Sie haben Kopftücher umgebunden. Sie zählen ihre eigenen Schritte. In ihrem Bauch schwanken zwei Tassen heißer Kaffee. Sie begrüßen sich mit kurzen, schwarzen Sätzen. Maat sieht die dunklen Silhouetten, weit vor ihm, gegen den Himmel: Scherenschnitt der Garderobenfrauen. Sie werden gleichförmig vorwärtsgezogen. Darüber steht die große rote Sonne. Das Museum wartet. Das Museum, freigelegt von der Ebbe des Morgens, wartet auf den Museumswärter Maat.

*

Maat? sagen die Kollegen. Maat ist immer pünktlich. Maat, sagen die Kollegen, kommt auf Zehenspitzen ins Gebäude. Maat, sagen die Kollegen, ist still, niemals krank, scheitelt seine Wünsche, bis sie eng am Kopf anliegen, so eng, daß man sie nicht erkennt. Unser Kollege Maat, sagen die Kollegen, ernährt sich von Luft. Mittags verschwindet er. Während wir in der Kantine essen, spaziert er davon. Keiner weiß, wohin. Maat, sagen die Kollegen, redet nicht gern, auch dann nicht, wenn die Säle fast leer sind, wenn wir im Nachmittag festhängen, während draußen Wolken vorbeitreiben. Maat, der Langweiler, sagen die Kollegen. Beinahe kann man durch ihn hindurchsehen, sagen sie noch.

Maat zieht seinen Dienstanzug an. An den Wänden des Umkleideraums steht Schwitzwasser. Der Putz blättert ab. Stockflecken verteilen sich, bilden Muster, in denen Maat manchmal Bauern zu erkennen glaubt, die mit Pflügen ihre Felder bestellen. Er sieht ein Delta, über dem die Sonne aufgeht. Die Heizung pocht. Maat öffnet die Vorhänge des Umkleideraums. Er trägt sich in den Dienstplan ein. Jeden Tag unterschreibt er in derselben Spalte. Jeden Tag schreibt er: Maat, Aufsicht Sammlung Mittelalter. Seit Jahren kreist er durch dieselben Räume. Seine Kollegen haben sich vor ihm eingetragen. Sie bewachen die Neuzeit. Sie stehen zwischen Porträts und Landschaften, Schlachten und schwellendem Fleisch, Farbsprit-

zern und Ausrufezeichen und schielen nach den Beinen der jungen Frauen.
Niemand macht Maat das Mittelalter streitig. Er ist dort allein.

Maat betritt sein Reich. Die Wände sind mattgrün bespannt, in einer Farbe, die an sterbende Topfpflanzen erinnert. Es ist die Farbe, die Topfpflanzen annehmen, wenn sie vergessen haben, wo sie sind, wenn sie schon aus der Ferne zusehen, wie man sie noch gießt. Auf der Bespannung hängen die Bilder wie gelähmt. Maat blinzelt. Er hat gelernt, die grüne Fläche nicht zu sehen. Unter seinen Schritten knarrt das Parkett. Er liest, einen nach dem anderen, die Hygrometer ab. Sie ticken so schnell, als mäßen sie Zeit, tropfende Zeit, aus einem winzigen Leck auslaufend. Ihre Nadeln schreiben Profile. Maat sieht Gebirgszüge, Ebenen, Hochplateaus, die in Abgründe übergehen, und Berge, die langsam aus dem Meer aufsteigen. Maat schmeckt Gischt und Sandstürme. Erdbeben kommen und gehen. Maat sieht Landschaften, die unter dem Glas des Hygrometers in alle Richtungen ausschlagen. Er beugt sich über die Nadeln. Beflügelt von seinem Atem, zeichnen die Geräte fünf Millimeter hohe Berge. Maat beginnt seinen Rundgang.

Während des ersten Rundgangs sind noch keine Besucher im Museum. Maat kontrolliert die Bilder aus den Augenwinkeln. Er kontrolliert die stillstehende Landschaft der Rahmen, der Ruhebänke, der geleerten Papierkörbe und des Lichts. Er watet durch die dicke Luft rings um die Heizungen. Er öffnet die Vorhänge.
Morgens führt er den Bildern Tageslicht zu; mittags, wenn die Sonne hoch steht, schirmt er sie wieder ab und senkt sie in eine weiche Dämmerung. Sie müssen geschont werden. Blendet man sie, erschrecken sie und verschwinden.
Maat sieht auf seine Uhr. Er legt die Hände auf dem Rücken zusammen. Sie passen ineinander. Sie sind zwei lang vertraute Tiere, die die Tage zusammen verschlafen. Sie bewegen sich kaum im Schlaf. Er spürt ihre weiße Haut. Er spürt, daß sie tagblind träumen; daß sie leer sind; daß sie ihn loslassen, während sie schlafen. Maat beherrscht keine Handgriffe. Maat zerhackt seine Tage nicht zu Brennholz. Seine Hände liegen still.

Langsam wachen die Bilder auf, eines nach dem anderen. Die Heiligen setzen ihre Segel. Fliegende Fische und Engel erscheinen. Gold wächst in den Zwischenräumen. Auf dunklem Wasser schwimmen heller werdende Gesichter. Die Raumbelüfter springen an. Es erhebt sich eine Brise. Maat beginnt zu kreisen in der mattgrünen Schatulle seines Tages.

*

Wenn Maat sich auf dem Sofa ausstreckt, wenn der frühe Abend auf die Hausdächer sinkt, hängen an allen Häusern Schüsseln und sammeln Bilder, die direkt aus dem Himmel herabkommen. Sie strahlen. Sie zeigen Glückspartikel auf Glastischen, so beleuchtet, daß sie zu schweben scheinen. Sie zeigen Kandidaten, die sich an Ratepulten festhalten, weil der Wind des Schicksals durch die Bilder weht.
Maat sieht eine himmlische Stadt. Menschen haben Leitern an die Stadtmauern gelegt und versuchen, ihren Weg zu machen, aber die Leitern sind sehr hoch und schwanken. Maat hört den Spielleiter reden. Keine Angst, sagt er.

Maat werden die Augen verbunden. Er muß ein Stück auf den Sprossen nach oben klettern, dann spürt er, wie ihn zarte Schwingen in Empfang nehmen. Er riecht das Parfum der Assistentinnen, das sich wie der pfauenäugige Flügel eines Seraphs ausbreitet. Wir fesseln Sie, sagt der Spielleiter, an unser Rad, aber Sie brauchen keine Angst zu haben. Maat hört das Publikum klatschen. Die Assistentinnen berühren ihn an den Handgelenken. Als das Rad sich zu drehen beginnt, stehen ihm die Haare zu Berge. Er ruft Vokale. Die Assistentinnen überprüfen, ob er der Lösung näherkommt. Sie schieben ein Alphabet, das aus Bauklötzen besteht, zu Hinweisen zusammen. Maat hört, wie das Publikum leise staunt. Als das Rad hält, schreit er immer noch. Die Assistentinnen nehmen ihm die Augenbinde ab. Aus dem Schnürboden wird ein frisches Lächeln herabgelassen und schmiegt sich in das Gesicht des Spielleiters. Er will Maat verabschieden, aber dessen Hand löst sich vom Gelenk ab, bleibt in seiner hängen.

Maat öffnet das Fenster. Er riecht die Erde des Vorgartens. Nachtfalter sammeln sich als glänzender Kegel im Licht der Peitschenlampe. Ein entferntes Rauschen, wie befestigt am Himmelsgewölbe, umkreist die Stadt. In den Rückspiegeln geparkter Autos spiegeln sich geparkte Autos. Die Häuser schlafen. Manchmal flackern Hausnummern auf: im Traum kurz geöffnete Lider. Unter den Sternen ziehen in lautlosen Schwärmen die Satelliten. Maat hört das Klirren von Hundemarken, wenn letzte Spaziergänger sich nähern.

Im Fernseher sausen Wörter durch die Luft. Das Glück muß geraten werden. Manchmal ist es ein Sprichwort, ein kleines Wissen um die Welt, eine Klugheit, die vor der eigenen Haustür kehrt, ein Spatz in der Hand, der kurz flattert und eine Sekunde lang nach einem Mauersegler aussieht; manchmal ein Wort mit vielen Buchstaben, das sich um die Ecken windet und den Kandidaten die Luft abdrückt. Manchmal ist es der Name eines Menschen, der mit angelegten Ohren vorwärtsgekommen ist, weiter als andere, und von dort unsterblich zurückwinkt.
Die Hände der Kandidaten sind feucht und kalt. Manches Glück ist hunderttausend Mark wert. Es muß erraten werden. Es versteckt sich im eigenen Kopf, kauert hinter den Vorsprüngen, hinter den Wänden aus Erinnerungen, die jetzt Hindernisse sind. Die Kandidaten bemühen sich, es von dort hervorzulocken. Sie ringen mit sich selbst, bis sie rote, zerknetete Gesichter haben. Die Antworten liegen ihnen nicht auf der Zunge. Sie reißen sich Arme und Beine danach aus.

*

Maat geht leicht vorgebeugt. An seinem Gürtel hängt das Funksprechgerät. Am Funksprechgerät hängt das große Schlüsselbund. Es klirrt bei jedem Schritt. Die Schlüssel öffnen den unsichtbaren Teil des Museums: das Magazin, die Betriebsräume, die Werkstatt des Restaurators. Maat benutzt sie selten. Er wohnt in seinem Dienstanzug. Er füllt ihn ganz aus. Sein Dienstanzug umhüllt ihn wie die verwitterte, vor langer Zeit entstandene Erdkruste ihren Kern. Maat geht auf seiner Bahn. Er wetzt den Boden des Museums ab. Berechenbar, immer in der gleichen Reihenfolge, begegnet er den Bildern. Sie sind die Planeten, auf denen andere Menschen wohnen.

Die Königin von Saba kniet vor Salomo. Sie ist von weither gekommen, durch den Staub der Wüste, durch gelben Sand, sie ist unter einem riesigen Himmel dahingezogen mit ihrem Gefolge, die Sonne kletterte hinauf und hinab, während sie vorwärtszog. Sie reiste lange, sie streifte Felsen und Dornen, hinter ihr gingen hoch beladene Kamele. Sie kommt aus dem Land des Weihrauchs und der Karawanen. Sie ist aufgebrochen, um Salomo zu sehen, denn Salomo ist größer an Weisheit und Reichtum als alle Könige auf Erden. Alle Welt begehrt Salomo zu sehen, um die Weisheit zu hören, die Gott ihm in sein Herz gegeben hat. Die Königin von Saba ist gekommen, um ihn mit Rätsel-

fragen zu prüfen. Sie wird nach dem Sechseck fragen, das in seinen Ring geschnitten ist. Wie vermählt das Sichtbare sich mit dem Unsichtbaren? wird sie fragen. Zwei Dreiecke durchdringen sich. Dies ist der Schlüssel Salomos.
Sie beugt sich ihm entgegen. Er sitzt auf seinem Thron, als wäre er eine kostbare Pflanze. In strengen grünen Falten liegt sein Gewand. Sein roter Hut fängt den Tau auf wie eine Blüte.
Besser eine Hand voll mit Ruhe, sagt Salomo, als beide Fäuste voll mit Mühen und Haschen nach Wind. Die Königin von Saba trägt einen blauen Umhang. Alles Mühen der Menschen, sagt Salomo, ist für seinen Mund, aber sein Verlangen bleibt ungestillt.
Die Königin von Saba prüft ihn mit Rätselfragen. Sie redet mit ihm alles, was sie sich vorgenommen hat, und Salomo gibt ihr Antwort auf alles, und es ist dem König nichts verborgen. Und sie sagt: Es ist wahr, was ich in meinem Lande von deinen Taten und von deiner Weisheit gehört habe.
Salomo sieht sie an. Sie trägt ihr aufgewölbtes Haar versteckt unter einem weißen Tuch. Seine Brauen neigen sich ihr zu. Sie reicht ihm einen goldenen Kelch. Die linke Hand des Königs streckt sich danach aus, liegt in der Mitte des Bildes, vor dem Goldgrund angehaltener Zeit, mit der Handfläche

nach oben, so daß der Tau sich darin sammeln kann, und die Luft. Er greift nicht nach dem Kelch. Er hält seine Hand in der Schwebe.

Die ersten Besucher kommen: eifrige Damen aus fremden Städten. Sie bringen den Marmeladenglanz ihres Frühstücks mit; sie haben Armbanduhren um, die etwas nachgehen; sie folgen den Epochen. Ihr Lächeln ist scheu und gleichmäßig. Sie tragen einen Katalog von Bild zu Bild. Sie blättern darin, vorwärts und rückwärts, bis sie die richtigen Nummern gefunden haben. Während sie blättern, streifen die goldenen Zifferblätter ihrer Uhren über die aufgeschlagenen Seiten. Die Damen schwingen vor und zurück. Sie räuspern sich. Sie vergleichen das gemalte Bild mit dem verkleinerten Bild. Sie suchen Halt auf der Lichtung des Mittelalters. Sie lesen, in welchem Gehäuse die Maler lebten, wem sie nacheiferten, wer ihnen nacheiferte, wie sie ihre Farben mischten, wo ihre Bilder hingen, wieviel Hunger sie litten, was ihnen gelang, welche Fenster sie öffneten aufs Heil der Welt.
Sie lesen nach, was zu sehen ist. Sie lesen nach, was nicht zu sehen ist. Kleine Engel umflattern sie wie Insekten. Die Engel sind pausbäckig und singen. Die Damen summen leise mit.

Maat zählt Staubkörner. Vormittags, wenn das Licht schräg steht, sieht er den Staub als stillen Sturm über die Bilder fluten. Er streift den Firnis, streicht über Risse und Sprünge, wird schwer und sinkt auf den Boden, wird von Maat aufgewirbelt, steigt über der Heizung in Wolken auf, fliegt wieder auf die inzwischen älter gewordenen Bilder zu. Die Hand Salomos streckt sich unbeirrt aus.

*

Wenn Maat abends vor dem Fernseher wegdöst, dreht er sich im bläulichen Schein gelegentlich von der einen auf die andere Seite. Dabei schmerzt ihn sein Kreuz, und er öffnet eins seiner Lider, um zu sehen, wo er ist. Er ist in seinem Wohnzimmer. Über den Bildschirm tanzt ein aufblasbarer Ball. Er springt auf Maat zu und schleudert Landschaften und Lagerfeuer aus sich heraus. Leise entfahren ihm Limousinen. Er dribbelt über dem Kopf des Spielleiters, wohin der auch immer gehen mag. Manchmal ist der Ball so groß wie die Erde, dann wieder klein wie ein Fluchtpunkt, der am Horizont verschwindet. Maat sieht seine Farben rotieren. Kontinente flitzen vorbei: blaue Meere und schimmernde Berge, gelbe Wüsten und rote Münder, viele mögliche Leben unter fremden Bäumen.

Der Spielleiter verbreitet geföntes Licht. Er wartet auf etwas. Seine Hände, unfreiwillig rastend, lagern vor seinem Bauch, Abzählreime murmelnd und versunken. Keine von ihnen springt vorzeitig auf. Sie wissen, daß sie manchmal nutzlos sind und oberhalb der Scham angebunden warten müssen, bis es weitergeht. Sie langweilen sich, aber sie sind bemüht, sich ihre bleichen Gedanken nicht anmerken zu lassen. Maat fürchtet, daß sie ihn am liebsten zerreißen würden, nur um freizukommen, nur um nicht mehr im gefönten Licht zu sein. Als der Spielleiter aufwacht aus seiner Erstarrung, sieht er wieder aus, als wolle er jeden umarmen.

Eine Ansagerin erscheint. Ihre Haare liegen ganz still. Ihre Lippen bewegen sich. Sie erzählt vom Glück. Für Sie, sagt sie, haben wir es aufgebockt. Die Ansagerin hat goldene Haare. Sie weiß fast alles auswendig. Sie bemüht sich, das Glück nicht abzulesen. Es ist groß, sagt sie. Es spielt gern, sagt sie. Es hängt nicht im Himmel, sagt sie, sondern rollt auf die zu, die es haben wollen. In Ihrem Wohnzimmer, sagt sie, wird es sich zu Hause fühlen.

*

Maat geht mit knarrenden Schuhen. Die Sonne steigt langsam höher. Sie erfaßt gemalte Äpfel. Im Paradiesgarten wachen Pflanzen und Tiere auf. Jeder Millimeter ist von gefiederten Träumen bedeckt. Löwen und Rehe trinken aus einer Quelle. Fische und Vögel schwimmen in der blauen Luft. Blumen winden sich um die Füße der Bäume, schenken Erdbeeren, Milchsterne, Honig aus. Die Zeit steht schmetterlingsbestäubt zwischen Himmel und Erde. Keine Erinnerungen bilden Wolken. Keine Ängste kommen als Gewitter nieder. Das Paradies atmet gleichmäßig in seinem Rahmen. Maat behütet es vor den Menschen. Stecken sie ihre Nasen zu tief hinein, geht Alarm. Maat kommt um die Ecke mit flammenden Sohlen.

Der Geist Gottes schwebt auf den Wassern. Sein großer karmesinroter Mantel weht. Es ist finster. Die Welt ist kreisrund, eine Scheibe, mit der Gott spielt. Er scheidet das Licht von der Finsternis. Das Licht ist der Tag, und die Finsternis ist die Nacht. Er breitet die Arme aus. Er schöpft die Welt aus der Tiefe. Sein großer karmesinroter Mantel weht. Gott überschlägt sich. Die Welt ist schwer. Er bringt sie an ihren Platz. Noch kreisen in ihr die vier Zustände unvermischt; noch drehen sich Feuer, Wasser, Erde und Luft gegeneinander als Ringe. Gott betrachtet sein Werk. Er erschafft die Welt, in der die Menschen sterben werden. Sie schwebt auf Goldgrund.

Gott hat plötzlich Boden unter den Füßen. Barfuß steht er auf einem Schachbrett, auf schwarzen und gelben Fliesen, vor dem Abgrund, in dem die Welt sich dreht. Seine linke Hand hat die Schöpfung entlassen; seine Rechte hebt sich und weist mit offener Handfläche auf die Ordnung. Die Linke liegt in der Mitte des Bildes. Mit langem, gestrecktem Rücken sinkt sie zurück, bereit, die sinkende Welt zu stützen. Sie ruht im haarfein gerissenen Gold.

Gott sieht an, was er gemacht hat. In der Mitte der Welt öffnen sich Augen. Der Heiland schimmert auf. Sein Gesicht ist eine Vorahnung in einem Band gekräuselter Wolken. Strahlen gehen von ihm aus in alle vier Richtungen. Rings um das Gesicht schließen sich der rote Ring des Himmels und der blaue Ring des Wassers. Gott steht leicht zurückgebeugt. Sein roter Mantel fällt über sein blaues Gewand. Er sammelt das Wasser unter dem Himmel an besonderen Orten, daß man das Trockene sieht. Er scheidet die Erde vom Meer.

Die Welt wächst. Gott segnet sie mit drei ausgestreckten Fingern. Immer mehr Geschöpfe erheben sich. Erdbeeren leuchten wie Blutstropfen zwi-

schen den Stämmen von Bäumen. Zickzackförmig schieben sich Felsen auf den Abgrund zu. In der Ferne entsteht das Dunkel des Waldes.
Gott macht zwei Lichter: ein großes Licht, das den Tag regiert, und ein kleines Licht, das die Nacht regiert, dazu die Sterne. Er hüllt sich fester in seinen Mantel. Die Gestirne treiben auf den Wellen des heranflutenden Himmels. Die Sonne lächelt ernst. Der Mond schmiegt sich als Sichel an das dunkle Gesicht der Erde. Achtzackig kommt der Stern von Bethlehem ins Bild. Gott segnet die Ausfahrt seiner Schiffe. Das Himmelsmeer ist bewegt. Er schafft Walfische, auch Hechte und Krebse, die mit ihren Scheren drohen. Er schafft Vieh, Würmer und Tiere des Feldes. Alle Tiere kreisen um ihn, der sie herabgebeugt belebt. Sein karmesinroter Mantel wogt. Fische schwimmen im Gold, Vögel öffnen ihre Schnäbel, Raubtiere, Grasfresser und Fledermäuse erscheinen.
Gott steht am Rande einer Schlucht. Noch kennt die Erde keine Schwerkraft. Noch fliegt alles auf ihn zu, weil er der Mittelpunkt der Welt ist.

Maat durchquert den Vormittag. Er geht zwischen mächtigen Altären. Manchmal glaubt er, tief innen im Schnitzwerk einen Holzwurm nagen zu hören. Ist kein Besucher in der Nähe, preßt Maat sein

Ohr ans Holz. Er glaubt zu hören, daß der Wurm sich durch die Adern der Befallenen frißt und sie von innen aushöhlt. Er frißt gewundene Gänge, in denen ihre Gedanken zu wandern anfangen. Sie beginnen zu wispern. In ihren Adern kreist auf einmal die Luft des Museums.

Heilige und Propheten verändern ihre Haltung, rühren sich in den geschnitzten Nischen. Sie heben ihre leichtgewordenen Attribute bis vor die Augen. Sie schätzen deren Wert. Sie zählen gute Taten an den Fingern ab.

Maat hört den Holzwurm nagen. Die Heiligen und Propheten verrenken sich seltsam. Maat sieht sie auf den Altären balancieren, um nicht herunterzufallen.

*

Der Spielleiter ist in Fahrt gekommen. Er springt in den Handstand. Aus seinen Taschen rollen Münzen. Die Assistentinnen bringen ein Bündel Geldscheine und befestigen sie mit Wäscheklammern an seinen Hosenbeinen. Noch immer im Handstand, macht der Spielleiter eine Grätsche, und die Scheine geraten in fließendes Wehen. Clara Schumann, Balthasar Neumann und Paul Ehrlich sehen aus dem Rechteck der Währung heraus: eine schattenwerfende Muse, ein Baumeister, ein zäher Forscher. Drei Büsten mit Seriennummern. Das Papier knistert. Es zeigt Barockschlösser, weit geöffnete Klaviere, tränenförmigen Schmuck an Clara Schumanns Ohren. Paul Ehrlich richtet die Kanone der exakten Wissenschaften auf kleine Teilchen. Durch die Nullen zieht eine silberne Sternschnuppe: der Wunsch nach Fälschungssicherheit. Das Geld, immer unterwegs, leiht sich Augen. Es blickt zurück in die Welt aus den Kulissen des Erreichten. Seht, sagt Paul Ehrlich, ich war ein Mensch, doch ich fand die Formel; seht, sagt Balthasar Neumann, ich war ein Mensch, doch ich baute göttlich; seht, sagt Clara Schumann, ich war ein Mensch, doch ich tröstete mich. Zugluft streicht über die papierenen Gesichter.

Der Spielleiter kann nicht länger auf Händen stehen. Er springt zurück auf seine Beine und rückt seine Krawatte zurecht. Hinter ihm kommt ein dicker Mann ins Bild. Er tippt dem Spielleiter auf die Schulter. Der Spielleiter tut überrascht. Der dicke Mann überreicht ihm ein Lebkuchenherz. Auf dem Herz steht: Wir lieben dich. Der Spielleiter weiß einen Moment lang nicht, wohin damit. Er hält das Herz in die Kamera.

Der Feierabend, eine Schwärze, die sich über die Erde schiebt, hat Maats Wohnzimmer überflutet. Jetzt kann Maat die Zeit nicht mehr an der Uhr ablesen, sondern nur noch an der Sendung Glücksspagat, die immer pünktlich kommt, aber viel länger zu dauern scheint, als im Programm angegeben ist. Nur dort, wo es vom Bildschirm bestrahlt wird, wo er es durchleuchtet wie einen Hundertmarkschein, den man mittels einer Lampe prüft, weicht das Dunkel etwas zurück. Nur dort, wo die Strahlen hinreichen, tauchen Gesichter auf. Maat sieht das Publikum, auf dessen Kleidern Blumen, pastellene Stürme und Freizeitgewitter gedruckt sind. Er sieht, daß es im hellen Studio auf Bänken ohne Rückenlehnen sitzt und die Füße leicht nach innen stellt. Aus der vorletzten Reihe winkt es. Es grüßt die Daheimgebliebenen. Heimlich wedelt es mit den Armen, bis sie schmerzen. In der letzten Reihe entrollt es ein Transparent. Auf dem Transparent steht: Wir sind da.

*

Die Hygrometer ticken. Im Museum herrscht die Kunst des Wartens. Maat ist am späten Vormittag mit den Bildern allein. Wieder und wieder betrachtet er sie, in der Reihenfolge, in der sie ihm

begegnen. Er buchstabiert das Alphabet des Glaubens. Das Alphabet des Glaubens bewegt sich. Es durchleidet Aufbrüche, Abstürze und Himmelfahrten. Maat ist umschlossen von einer einzigen Geschichte.
Manchmal setzt er sich in den leeren Sälen und betrachtet die Bilder von der Bank aus, die man für die Besucher aufgestellt hat. Die Bank hat keine Rückenlehne. Von dort sieht er die Bilder wie zum ersten Mal. Sie hängen höher als sonst. Sie scheinen gerade erst aufgetaucht zu sein, schwer zu entziffernde Tafeln, die jemand aus den Wolken reicht.

Gott beugt sich nieder zur Erde. Der erste Mensch wächst ihm entgegen. Engel drängen vom Firmament und schwingen Weihrauchfässer. Der Mensch ist der Erde erst zur Hälfte entwachsen. Ohne ihn zu berühren, zieht Gott ihn ins Leben. Er nennt ihn Adam. Ein sanfter Wirbelsturm erhebt sich. Gottes Rechte wölbt sich wie ein Regenbogen; seine Linke, mit der Fingerspitze beinahe Adams Fingerspitze berührend, zieht den neuen Gast auf den Acker der Erde empor. Adams Hände scheren auf. Er ist bereit zu leben. Aber Gott schläfert ihn wieder ein. Er läßt einen tiefen Schlaf fallen auf ihn. Er bettet ihn auf grasbewachsenem Fels. Ein

kleiner Wald spendet Schatten. Die Bäume haben gewundene Stämme. Adam umarmt sich selbst in seinem ersten Schlaf.
Gott macht ihm einen Gefährten. Ein kleines Weib wächst aus Adams Rippe. Engel musizieren zu ihrer Begrüßung. Unter dem mächtigen Ärmel Gottes öffnet das Weib seine Hände.
Eva dankt. Gott läßt die ersten Menschen allein. Die Bäume nicken sich hoch über ihnen zu und breiten ihre Kronen aus. Die beiden Menschen gehen umher und betasten die Stämme. Sie wissen nicht, wo sie sind. Sie stoßen auf einen Baum, der rote Früchte trägt. An seinem Stamm kommt bläulich lächelnd die Schlange emporgezüngelt. Sie hat blonde Haare. Ob die Menschen etwas in Händen halten wollen? Leere Hände, sagt die Schlange, sind nutzlose Hände. Sie pflückt zwei rote Kugeln und gibt sie den Menschen. Eva hebt die Kugel vor ihr Gesicht. Plötzlich sieht sie sich selbst in ihr gespiegelt. Eine Mauer schiebt sich ins Bild.
Der Tag ist kühl geworden. Gott ruft nach seinen Geschöpfen. Er zeigt mit riesigem Finger auf den Baum, der rote Früchte trägt. Über einer Erdspalte leuchtet, noch im Verschwinden lächelnd, das Gesicht der Schlange. Der Cherub erscheint, und sein Zorn krümmt Adam und Eva in die Flucht. Sie

stolpern treppab. Künftig ist ihnen der Himmel verbaut. Er kragt über ihnen als Festung. Sie stolpern bergab, der Hacke und Spindel entgegen, der Erde entgegen, auf der nur ein Windhauch sein wird die Geschichte ihrer kommenden Kinder.

Maat hört Schritte. Eine Schulklasse nähert sich und verteilt sich in den Sälen. Im Museum beginnt es, nach Kaugummi zu riechen. Maat ist aufgeschreckt. Er folgt den Schülern so, daß er sie immer im Auge behält.
Die alten Meister, sagt eine Museumsführerin, die er nicht kennt, konnten durch die Zeit hindurchgehen wie durch nachgiebige Mauern. Wir wissen nicht, wer diese Bilder gemalt hat, sagt sie, darum nennen wir die Maler nach ihren Bildern. Wir geben ihnen Hilfsnamen. Eigentlich, sagt sie, sind Namen nicht wichtiger als ein Hut: zieht man ihn vom Kopf, vermag der Geist ungehindert in den barhäuptigen Maler einzudringen und unter seinem Pinsel zu erscheinen. Hier seht ihr, wie er erschienen ist. Hier seht ihr eine lebende Schrift, die ihre Worte mit Fleisch bedeckt.
Maat starrt die Führerin an. Sie beginnt, die Hilfsnamen der Maler aufzuzählen: Meister des Kalvarienbergs der Familie Wasservaas. Passionsmeister. Meister des Marienlebens. Bartholomäusmeister.

Meister des Hausbuchs. Meister der Vergänglichkeitsallegorie. Meister der Landsberger Stadtansicht. Meister von 1477. Meister der tabula magna. Meister des Londoner Gnadenstuhls.
Meister vom Mondsee, ergänzt Maat. Meister der Darbringungen.
Die Museumsführerin dreht sich nach ihm um.

*

Maat träumt. Er zieht die Dinge an Fäden zu sich heran. Rings um ihn rascheln Hände und sammeln Vorräte für den Winter. Es riecht nach aufgewärmtem Essen. Rolläden fallen wie Guillotinen. Leise zitternd, weit draußen, stehen die Sternbilder vergangener Epochen.

Der Spielleiter nähert sich einer Frau, die mitspielen möchte. Am Busen der Frau klebt ein Schild mit ihrem Namen. Der Spielleiter geht ein Stück in die Knie, dann hat er entziffert, daß sie Gisela heißt. Sie soll eine wahre Geschichte erzählen.
Ich war nachts auf der Autobahn, sagt Gisela, und schob mein gerade geborenes Kind vor mir her. Mein Kind lag in einem Einkaufswagen. Ich wußte nicht, wohin ich den Wagen schob. Dauernd überholten mich Autos. Die Leute in ihnen glommen

grünlich. Sie saßen klein zusammengesunken im Blech. Ich schob meinen Einkaufswagen. Das Kind darin war nackt. Im Licht der Leuchtschrift, die neben der Autobahn aufragte, sah ich, daß das Kind seine kleinen Hände öffnete und schloß, ganz regelmäßig, wie Herzschläge.
Gisela! ruft der Spielleiter dazwischen und hüllt die Kandidatin in eine kurze fürsorgliche Geste. Der Moment wölbt sich. Ein Mann und eine Frau umarmen sich angesichts fallender Würfel und blinkender Zahlen. Dann hat der Spielleiter die Kandidatin wieder auf die richtige Kamera ausgerichtet: Das war phantastisch! Sie haben vier runderneuerte Winterreifen gewonnen!

Maat liegt auf dem Sofa und erwartet das Wetterleuchten abendlicher Überraschungen. Die Assistentinnen blasen in kleine Trompeten. Dann öffnen sie ein großes Tor, hinter dem sich ein Vorhang mit aufgemalten Wolken verbirgt. Der Vorhang bewegt sich leicht hin und her. Als sie ihn zur Seite schieben, richtet Maat sich auf und beugt sich vor, um besser sehen zu können. Ein Wohnzimmer erscheint. Nichts fehlt darin, außer der vierten Wand, durch die Maat ins Innere des Wohnzimmers starrt. Eine Frau und ein Kind sitzen vorgebeugt auf einem Fernsehsessel und rufen und winken. Das Kind auf dem Schoß der Frau strampelt. Maat sieht hinter dem Wohnzimmerfenster eine nächtliche Straße, dunkel und feucht vom Regen. In den Pfützen spiegeln sich die weißen Inseln der Straßenlaternen.

*

Maat geht. Maat, alleingelassen auf der Lichtung des Mittelalters, geht an den sonnigen Rändern der Lichtung entlang. Gebärden streifen ihn wie Zweige. Es sind exotische Gebärden: Sie grüßen Ereignisse, die nicht zu fassen sind. Sie wachsen nur in dieser Gegend. Jahrhundertelang haben sie hier ausgeharrt und sich fortgepflanzt.

Vor der Tiefe des Goldgrunds landet Gabriel. Seine blauen Flügel sind zerzaust von der Reise. Er legt sie zusammen. Er hat einen Auftrag. Seine Linke entrollt ein Spruchband zur Begrüßung; seine Rechte hebt sich und deutet auf das erste Wort. Ave, heißt es. Ave Maria, gracia plena dominus tecum. Die Schrift umschließt Marias Kopf als plötzlich sichtbar gewordene Aura. Maria ist aufgeschreckt aus dem Studium der Bücher. Von drei Lesepulten sind die Schriften der Menschen auf sie gerichtet. Maria soll nicht mehr lesen. Schon verschwimmen die Seiten, in denen sie blättert. Die Bücher sind nur noch Papier, fortgeweht von der Druckwelle des Engels. Maria senkt ihre Lider. Sie erfährt, was man mit ihr vorhat. Sie neigt ihren Kopf.

Am oberen Bildrand reißt das Gold auf. Gott beugt sich aus blauen Wolken. Die Ewigkeit ist ein Meer, ein schwarzblauer Rocksaum, von dem ein Zipfel ins Bild fällt, wenn Gott auftaucht. Er formt mit seinen Händen einen Tunnel. Drei Strahlen gehen aus von seinem gesenkten Blick auf Marias Scheitel. Auf diesen drei Strahlen reiten eine Taube und ein Kind mit geschultertem Kreuz, als wären sie Noten, gesetzt auf Linien. Sie sind im jähen Sturzflug göttlichen Willens. Die Taube berührt Maria schon mit ihrem Schnabel; das nackte Kind ist noch auf halbem Wege zwischen Gott und ihr. Es hat seine Arme geöffnet, um Maria zu empfangen; es kniet auf der Luft und lächelt.

Marias rechte Hand liegt vergessen in einem Buch, das sie las. Ihre Linke, ein Gitter aus Fleisch, stützt ihr eigenes Herz in den Wogen der Verkündigung: Sie schließt sich fraglos um das Unbegreifliche.

Maat zieht die Vorhänge zu. Jetzt steht die Sonne, schwach und weiß, eher eine Erinnerung an die Sonne, am höchsten. Maat liebt ihn nicht, den weißen Fleck, der droht, die alten Bilder auszulöschen. Manche Bilder können nur überleben in einem Licht, das von der Tageszeit befreit ist. Er schließt die Vorhänge. Die alten Bilder, von Maat bewacht, sind Bilder, die in einem geschlossenen Auge erscheinen; sind Nachbilder; sind Abdrücke früher angesehener Dinge; sind deutliche Schemen auf der Netzhaut.

Alles wächst hinter den Augen, denkt Maat. Alles wächst hinter den Augen, auch die mystischen Wälder, in denen Einsiedler leben und vom Pfeil eines Jägers getroffen lächeln.

*

Der Spielleiter war eine Weile nicht zu sehen. Jetzt ist er aus der Versenkung aufgetaucht, ganz der Alte, und nimmt seinen eigenen Platz wieder ein bis an die Ränder. Die Kamera folgt ihm taumelnd. Er geht umher und sieht nach dem Rechten. Hinter den Kulissen, dort, wo die Kabel entlanggeführt werden, wollen die Zwerge ihn begrüßen. Sie springen von den hohen Sperrholzwänden, wo sie als lebende Klammern hängen, um die Kulissen zusammenzuhalten; sie fallen von der Decke, wo sie umherlaufen und dem Spielleiter bei jeder Bewegung starke Lampen nachführen; sie kommen gerannt, stellen sich einer auf die Schultern des anderen und beginnen, den Spielleiter zu frisieren. Er schüttelt ihnen die Hände und klopft ihnen auf den Rücken. Ihr seid gewachsen, sagt er. Die Zwerge lachen verlegen. Alle haben sie T-Shirts an, auf denen der Kopf des Spielleiters zu sehen ist. Sie legen sich auf dem Fußboden zusammen zu dem Wort Hurra.

Maat dreht sich auf seinem Sofa um. Er schaut gegen das gleichmäßige Gittermuster des Rückenpolsters: Hunderte von Rechtecken, nahtlos aneinandergereiht. Für Maat verschwimmen sie und gehen in Erinnerungen über.
Ein Windrad steckt zwischen Geranien; ein Mann trinkt mit wüst zitternder Hand sein Pils; Kamele ziehen über ein Fensterbrett. Das Wort Glück taucht auf. Es ist wie ein dicker Tropfen Kondensmilch, kurz bevor er vom Löffel abreißt und fällt. Ein Mann sitzt vier Jahre tot vor seinem Fernseher. Gefangene ihres Bilderrahmens, sehen mittelalterliche Propheten hinaus in die Windstille der Geschichte, in der das Geld mit immer neuen Seriennummern kreist.
Das Schlimmste ist doch, hört Maat hinter sich den Spielleiter sagen, wenn ich mir vorstelle, jeden Morgen gehe ich zur Arbeit und abends komme

ich nach Hause, und das vielleicht vierzig Jahre lang.

Das Publikum sitzt im Saal und zählt rückwärts. Bei Null soll der verschollene Spielleiter erscheinen. Das Publikum hat eine Torte gebacken und in einem Schuhkarton mitgebracht. Es ist von außerhalb angereist, vorbei an abgeernteten Feldern und Notrufsäulen, die Torte immer auf dem Schoß, während der Bus mit von innen beschlagenen Scheiben durch Regen fuhr und die Scheinwerfer entgegenkommender Autos die einzigen Lebenszeichen waren. Das Publikum lehnte an den Kopfstützen. Als die Fahrt ihm lang wurde, erzählte es sich den Witz vom Duell zwischen dem Blinden und dem Tauben. Ist er schon da? fragt der Blinde. Hat er schon geschossen? will der Taube wissen.
Jetzt sitzt das Publikum rückwärtszählend im Saal und sieht plötzlich den geöffneten Himmel vor sich. Es schnappt nach Luft. Wolken fliegen vorbei, auf denen riesige Münder vormachen, wie man die Lippen zu Rufen formt. Hände klatschen stakkato. Das Publikum rast im Blauen über der Erde, losgerissen aus seinen Stühlen, hellwach singend, bis es am Horizont eine Röte spürt. Der Spielleiter wirbelt ins Bild. Er hebt die Arme und breitet sie

weit aus. Heute kommen folgende Wunder: ein Spiegelei, das unter Wasser gebraten wird; ein Löschzug der Feuerwehr, gefüllt mit Bier.

*

Maat lehnt an der Wand. Im Museum ist nichts zu hören außer dem leisen Knacken der Heizkörper und dem Summen einer Fliege, die hier zu überwintern sucht. Manchmal fühlt sich Maat, als wäre er der letzte Mensch auf der Welt. Manchmal glaubt er, alles sei tot, nur die alten Bilder lebten noch, geschützt von ihrem Firnis, hinter dem sie Landschaften aufbewahren, die einmal die Welt waren. Maat denkt auch an jene Bilder, die er während seines Feierabends empfängt: an ihre Anstrengung, immer gleich und doch immer neu auszusehen; an ihre Rasterung, die die Schwärze der Welt mit Farben durchlöchert. Maat stößt sich von der Wand ab. Manchmal denkt er, daß die Hände, die durch seinen Feierabend zucken, ohne es zu wissen nach den alten Bildern suchen.

Das nackte Kind schwebt über dem Boden. Es liegt auf einem Strahlenkranz und hat die Hände erhoben; es segnet alles, was es sieht. Der Himmel ist rot zu seiner Begrüßung, gleichmäßig besteckt mit Margeritenblüten. Gott erscheint in einer Wolke und schickt dem Kind ein Wort, das als leuchtender Regen niedergeht. Die Landschaft weicht ein Stück zurück. Rund um das Kind bricht sie ab. Sie hinterläßt eine dunkle Felsenhöhle. Ochs und Esel zwängen ihren Kopf aus der Schwärze. Dort, wo das Kind liegt, ist nackter brauner Boden. In der Ferne, über den Hügeln, stürzt ein Engel nieder. Er trägt das Spruchband der Verkündigung. Kleine Hirten starren ihm entgegen und strecken ihre Zeigefinger nach ihm aus. Ihre Herden stehen im Hang und grasen. Kein einziges Tier erschrickt über den Boten, der wie ein freudiger Selbstmörder aus dem Himmel fällt. Kein Schaf hebt den Kopf. Sie setzen ihre Hufe auf den bewachsenen Fels und grasen, obwohl am Himmel neue Sternbilder und Spruchbänder heraufziehen.

Die Ferne ist grün und still. Wälder sind ausgeschnitten und auf das Grün geklebt, Baum für Baum, die Kronen nebeneinander schweigend. In der Ferne gibt es keine Überschneidungen. Alles steht für sich. Alles ist in die Stille eines Traums getaucht.

Es ist die Stunde des Goldes. Die Welt hat ein Kind in ihrer Mitte. Es liegt auf einem Strahlenkranz. Es hat ein altes Gesicht. Das Kind sieht Feuer und Wasser, Erde und Luft. Es sieht die Zeit vor der Zeit, und es sieht die Zeit entstehen, zusammengeballt und schwer. Es sieht, wie Wurzeln sich um schwarz verkohlte Herzen schlingen. Es sieht Staub, der sich auf windigen Ebenen zu immer neuen Gebilden türmt. Es sieht sich selbst, mit einem riesigen Leib, in alle Richtungen ausgestreckt, Sonne und Mond auf seinen Schultern. Es sieht einen Vogel, der aus der Asche auffliegt. Es sieht die Hirten, die grüne und ferne Stille, die grasenden Schafe. Es sieht Ochs und Esel aus einer Traufe fressen. Es sieht zum Gebet zusammengelegte Hände, darüber den Himmel, der sich blutrot wölbt.

Im Museum summt die Fliege. Maat kennt Tage, die nicht vergehen. Er bewegt sich langsam in ihnen, wie in einem Glas Honig. Er hebt die Füße und tritt doch immer auf dieselbe Stelle. Er schließt die Augen und sieht doch immer noch dieselben Bilder. Er dreht den Kopf und ist doch immer noch im selben Leben.

Maat kennt andere Tage, die ruhig unter der Decke hängen; plötzlich, aufgescheucht, flattern sie durch die Säle, drohen an den Bildern zu zerschellen, lösen die Alarmanlage aus, krallen sich vor Aufregung fest in Maats Gesicht. Diese Tage, selten und unvorhersehbar, fürchtet er.

Maat kennt auch rachitische Tage, verloren in sich selbst zurückgekrümmt, schrumpfend, bis sie zwischen ihren eigenen Knochen hindurchpassen, bis sie beinahe unbemerkt entschwinden.
Maat liebt die Tage, die nicht vergehen. Sie umschließen ihn wie Bernstein.

*

Bleiben Sie dran! hallt eine Stimme in Maats Wohnzimmer wider. Maat schrickt aus dem Halbschlaf hoch. Der Spielleiter wird beiseite geschoben, und statt dessen kommen starke, schnell geschnittene Glückswolkenbrüche, die goldgelb über Maat hinwegrollen und ein Ziehen in ihm hinterlassen. Langsam steht er auf. Er geht in die Küche, um nach etwas Eßbarem zu suchen. Während er eine Büchsensuppe aufwärmt, hört er durch die dünnen Wände, daß in der Wohnung seines Nachbarn dieselben Szenen wie in seiner eigenen spielen. Er versteht jedes Wort. Er kennt die surrenden Motoren, die Küsse, das Säuglingslachen; die aus einem unerschöpflichen Vorrat ausgeschütteten, schwer zu haltenden Versprechen. Er geht mit der dampfenden Suppe ins Wohnzimmer zurück. Auf dem Bildschirm wirbeln Kamillenblüten. Eine Uhr wird eingeblendet, deren Zeiger aus Knochen bestehen.

Maat löffelt seine Suppe. Er sieht drei abgeschälte Finger, die auf drei Dinge weisen: auf das Mundwasser, das siebzehn Stunden lang desodoriert; auf die Lotion, die den ganzen Tag in die Haut einzieht; auf die Binde, die kompromißlos Blut auffängt. Direkt hinter der Binde kommt der Spielleiter wieder ins Bild. Er liest auf einem Spickzettel ab, wie es weitergeht.

Maat sieht das große Kreuzworträtsel, in dem er und die Kandidaten umherirren – auf der Suche nach Erlösung zu Buchstaben zusammengekrümmt, zu Teilen lebender Antworten, die fast immer falsch sind. Er sieht den Spielleiter, der die Zeit stoppt und dabei kumpelhafte Schlächtergesten macht. Er sieht dünne Fragezeichen, die sich um die Hälse der Kandidaten schlingen. Er träumt, ihm werde der Kopf abgehackt und er blute aus in Sekundenschnelle. Maat schreit Antworten, um die Wette mit den anderen Kandidaten. Auf einer riesigen Anzeigetafel erscheint eine Schrift und verzeichnet den Stand der Dinge.

Manchmal spürt Maat Zugvögel, die sanft und schwarz sein Gesicht streifen. Sie füllen die Nacht aus. Hinter ihm schließen sie sich wieder zusammen, als hätte es ihn nie gegeben. Sie ziehen fort.

Sie fliegen durch Mauern, sie durchqueren die Magnetfelder der Erinnerung, sie gleiten, sie zeichnen die Konturen der Berge nach. Sie sind unbeirrbar. Städte kommen ihnen entgegen, helle Böen des Widerstands. Sie fliegen hindurch. Autos liegen zerbrochen auf ihrem Weg, mit offenen Türen, aus denen noch Musik quillt. Die Vögel rasten nicht. Sie werden nicht müde. Vergebens strecken Bäume Äste nach ihnen aus. Die Vögel fliegen. Maat spürt ihre Flügelspitzen. Sie streifen ihn wie leere Hände.

*

Maat geht mit knarrenden Schuhen. Der Vormittag ist lang. In der Abteilung Mittelalter tastet der Rüssel der Fliege die gemalten Himmel ab. Sie setzt sich auf Heiligenscheine und leckt sie blank. Sie läuft über fünfhundert Jahre alte Gesichter, was aussieht, als ob ein plötzlicher Gedanke die Gesichter heimsucht. Maat sieht die Fliege aus den Augenwinkeln, am Rande seiner Wahrnehmung; er sieht, daß sie das Mittelalter mit ihren Facettenaugen betrachtet und auf Tauglichkeit prüft. Er hört sie in den Ritzen seiner Wirklichkeit summen. Maat und die Fliege sind allein. Sie treiben beide im Luftmeer, aus den Augenwinkeln beobachtet von fünfhundert Jahre alten Gesichtern. Wenn die Fliege über die Münder läuft, scheinen sie zu lächeln. Es ist, als könnten die Gemalten weit in die Ferne sehen, bis in die Zeiten, die nach Maat und nach der Fliege kommen, Zeiten, in denen der Finger Gottes vielleicht wieder am oberen Bildrand aus den Wolken brechen wird.

Drei Männer knien vor dem Kind. Sie sind von weither, aus dem Nichtwissen gekommen. Die große Hand eines Engels hob sie aus dem Schlaf. Als sie erwachten, waren ihre Augen in Stein gemeißelte Löcher: sie konnten sie nicht mehr schließen. Sie sahen einen Stern. Sie brachen auf, um ihm zu folgen. Am Wegrand waren Hirten. Auch die Hirten starrten in die geöffneten Flügeltüren des Himmels. Die drei Männer zogen weiter. Sie ritten auf Kamelen, die gleichmütig ihre schwieligen Sohlen aufsetzten. Der Stern führte sie durch die Wüste. Er leuchtete ihnen immer voran. Er führte sie durch Dornen und Wälder, durch die Tage und durch die Nächte.
Die drei Männer knien vor dem Kind wie eine an die Küste drängende Woge. Sie nehmen ihre Kronen vom Kopf, weil sie ihnen zu schwer geworden sind. Sie sehen ihre Kronen fremd an. Dann wollen sie dem Kind Geschenke geben. Rund um das

Kind sind goldbraune Blumen und Gräser gewachsen. Eine weiche Steppe breitet sich aus. Die Pflanzen bewegen sich in einer Strömung; sie schlängeln sich hin und her; sie bedecken den Boden und den Fels. Hinter dem Fels, im Rücken der drei knienden Männer, taucht ein Hirtenjunge auf. Er staunt mit zum Gruß erhobener Hand. Das Bild ist vom Licht der Demut überflutet. Niemand sieht mit den Augen. Alle Lider sind gesenkt.

Maria hat das Kind in ein weißes Tuch gewickelt und hält es auf ihrem Schoß. Es dreht sich ein wenig den Männern entgegen, aber es streckt keine Hand nach ihren Geschenken aus. Das Kind wird ihnen mehr schenken, als sie ihm geben können. Es wird mit zwei Fingern einen Seesturm stillen; es wird auf einem Berg, umgeben von schwarzen Baumstümpfen, seinem Versucher entgegengehen, mit nichts als leeren Händen; es wird eine Frau, die das als Gärtner verkleidete Kind erkennt, zurückschicken unter die Menschen mit derselben zarten Geste, die einst den Seesturm stillte.

Maria hält das Kind auf ihrem Schoß. Sie sitzt auf einem braunen Meeresgrund. Ringsum sinkt die Zeit zu Boden, müde vom Antreiben der Uhren. Die drei Männer sind von Demut überflutet. Sie warten, ohne sich zu regen.

Maat erschrickt. Er hört eine Stimme, die seinen Namen ruft. Es ist eine gepreßte Stimme, eine Stimme, die klingt, als wäre sie eingesperrt. Er sieht sich zwischen den Bildern um. Maat, bitte kommen, ruft sie. Maat mustert die gemalten Menschen, die ihn ihrerseits mit versiegelten Lippen mustern. Dann fällt ihm das Funksprechgerät ein. Er hält es ans Ohr. Er hört, daß er nach der Mittagspause zum Museumsdirektor bestellt ist. Maat erschrickt zum zweiten Mal. Er hat vergessen, daß man ihn aus seinem Rahmen lösen kann. Er hat vergessen, woher der Wind weht. Maat, unterwegs in der Stille, beginnt sich zu räuspern. Maat übt, guten Tag zu sagen.

*

Guten Tag! Der Spielleiter hustet kurz in seine hohle Faust. Heute sind die Gewinne greifbar nah: Im Studio ist eine Modelleisenbahn aufgebaut. Sie schlängelt sich kreuz und quer durch das Publikum. Sie fährt zwischen den Beinen hindurch, sie durchbricht die engen Achselhöhlen mit Hilfe von Tunneln, sie kreist um Hälse und Gesichter, sie tutet auf einer Brücke über den Köpfen. Sie fährt immer rund. Ihre Güterwagen sind beladen mit einem Tischbrater, einem Perlenhalsband und ei-

nem vierzigteiligen Service, unter dessen Glasur ausgestorbene Vögel an Blüten nippen. Die Eisenbahn kreist. Ein starrer kleiner Heizer füttert sie mit Kohlen. Mitten im Schwung, die Schaufel voller Brocken aus uralten Wäldern, ist er zu Spielzeug geworden. Neben ihm steht der Lokführer und blickt unverwandt geradeaus.
Die Eisenbahn fährt durch eine bewegte Landschaft. Entlang ihres Weges blühen Augen auf.

Wenn Maat abends auf seinem Sofa liegt, ist er nicht allein. Der helle Schatten, den die Welt wirft, kriecht in sein Wohnzimmer, um sich dort zu wärmen. Die Welt lebt nicht mehr unter freiem Himmel. Sie wird durchgefüttert zwischen Stellwänden. Jeden Tag führt sie die gleichen Kunststückchen vor, macht Freudensprünge und jongliert, freundlich aufgenommen von Maat, wobei er sieht, daß sich unter ihrer Haut ihre Knochen abzeichnen. Sie strahlt so hell wie ein Stern kurz vor dem Verlöschen. Maat, geübt im Betrachten von Bildern, erkennt, daß sie ihre Hände durch Gitterstäbe streckt und bettelt. Er möchte der Welt helfen, aber er weiß nicht wie.

Und nun, ruft der Spielleiter, wiegen wir aus, wieviel Sie gewonnen haben! Er schiebt die Kandi-

datin, eine schüchterne dicke Frau, einer großen Waage entgegen. In der einen Waagschale sind der Tischbrater, das Perlenhalsband und das vierzigteilige Service, unter dessen Glasur ausgestorbene Vögel an Blüten nippen. In die andere Waagschale muß sich die Kandidatin Maxi setzen. Sie sinkt schwer auf den Boden. Maxi! ruft der Spielleiter, denken Sie an unsere Produktionskosten! Er stellt ein Kofferset aus Aluminium im Gesamtwert von 2.236 DM in die andere Waagschale. Noch immer sitzt Maxi auf dem Boden. Die Hollywoodschaukel! ruft einer aus dem Publikum. Der Spielleiter und seine Assistentinnen heben eine Hollywoodschaukel in die andere Waagschale. Die Kandidatin beginnt, ein klein wenig über dem Boden zu schweben, aber noch immer wiegen die Preise sie nicht auf. Ein Traum! ruft das Publikum. Maxi, sagt der Spielleiter, erzählen Sie uns, welcher Traum sich in Ihnen verklemmt hat, das wird Sie erleichtern. Maxi wird rot.
Ich bin, sagt sie leise, in einer Gegend, wo der Himmel grau ist. Es ist alles voller Geröll. Die Steine liegen in der Menschenleere, und mein Atem geht laut. Da kommt eine Prozession. Es ist eine unheimliche Prozession, weil man nicht sieht, welche Heiligen vorbeigetragen werden. Die Gestelle sind ringsherum schwarz verhängt. Man kann

auch die Träger nicht sehen. Man hört nur ihre Schritte auf dem Geröll. Ich fürchte mich. Ich will fort, aber ich kann mich nicht rühren. Da faßt ein Windstoß einen von den schwarzen Vorhängen an und weht ihn auf. Ich sehe, daß eine dicke, nackte Frau auf dem Gestell liegt. Ich sehe direkt zwischen ihre gespreizten Beine. Es ist eine Gebärende. Immerzu fällt etwas aus ihr heraus. Plötzlich sehe ich, daß ich es selbst bin, die auf einem Gestell liegt. Ich bevölkere die Erde. Ich sehe mir selbst beim Gebären zu. Ich warte darauf, euch einen Erlöser zu schenken.
Applaus für Maxi! ruft der Spielleiter. Die Waagschale, in der die Kandidatin sitzt, schwebt jetzt auf gleicher Höhe mit den Preisen.

*

Maat? fragen die Kollegen kauend. Maat verliert sich im Gebäude. Die Mittagspause ist ziemlich lang, sagen die Kollegen; das Gebäude ist ziemlich groß, sagen die Kollegen. Hier in der Kantine, sagen die Kollegen, wird Maat nie gesehen. Vielleicht kann er sie nicht finden. Vielleicht kann er auch seinen Mund nicht finden. Die Kollegen lachen. Vielleicht, sagen sie, schleicht er in den Ländern umher, die neben dem Mittelalter untergebracht sind: Völkerkunde, Afrika, sieben Säle; Indische Kunst, fünf Abteilungen. Unser Kollege Maat, sagen die Kollegen, zieht sich die Vergangenheit über die Augen.

Maat geht durch einen knisternden Wald aus Gesten. Während der Mittagspause hat er seine Räume verlassen. Es zieht ihn nach nebenan; dorthin, wo Gesten als dunkle Wälder wachsen; dorthin, wo er zwischen ihren Bedeutungen umherirrt; dorthin, wo Menschen und Götter aufbewahrt werden, die ihn fremd mustern, aber seltsam vertraut die Hände heben.

Wenn Maat das Treppenhaus überwunden hat, kommt er nach Afrika. Er muß sich erst an die Dunkelheit gewöhnen. Sein Kollege, Aufseher über Afrika, steht regungslos vor dem großen Umriß des Kontinents. Afrika ist an die Wand genagelt, ein gerupftes, schwarz verkohltes Huhn, das kopfunter hängt und die Schuhe des Aufsehers betrachtet. Ratternd wälzt eine Belüftungsmaschine warme Luft um. Maat geht weiter. Der Wald beginnt sich um ihn zu schließen. In Vitrinen, an Fäden aufgehängt, schweben Arbeitsgeräte, Musikinstrumente, Waffen, Kopfbedeckungen. Sie werden von unten beleuchtet, gleichmäßig und fahl, so daß sie aussehen, als hätten sie niemals

Schatten geworfen. Sie sehen aus, als hätte sie nie jemand berührt außer dem Restaurator. Die Dinge vor Maats Augen sind numeriert und konserviert, aber er sucht solange, bis er die ersten Gesten findet: Gesten aus dunklem Holz, aus Kupfer, aus Elfenbein. Hände reichen ihm Kalebassen, ernten Kokosnüsse, führen Lasttiere am Zügel. Frauen halten ihre eigenen Brüste. Männer halten mit beiden Händen ihren Bart. Trommeln schlagen. Und mitten in Afrika, auf einem schwarzen Podest über Teppichboden, steht einer, um den sich alles zu drehen scheint; einer, der zur Ruhe gekommen ist; der die Hände vor das Sonnengeflecht gehoben hat, Maat abwehrt und gleichzeitig grüßt. Es ist ein Gott aus Bronze. Maat fürchtet nicht länger, sich in Afrika zu verirren. Er hat gefunden, wonach er suchte. Der Gott aus Bronze zieht ihn an und weist ihn zurück – so wie jeder Gott die gegen ihn anbrandende Zeit abweist.

Maat? fragen zwei Kollegen. Sie lehnen auf dem Informationstresen zwischen Indien und der Mongolei. Maat gehört doch ins Mittelalter, sagen sie. Eine Kurve, erzählt der eine Kollege, die du mit 120 nehmen kannst, auch mit 130, aber da muß einer 160 gefahren sein. Maat löst sich oft in Luft auf, sagen die Kollegen, besonders mittags. In der Kurve steht jetzt ein Schild mit 80, sagt der andere Kollege. Dann gehen sie um die Ecke und verschwinden in den vollgestellten Weiten der Mongolei.

Maat öffnet die Tür nach Indien. Wie Planeten auf schwarzem Grund leuchten Skulpturen. Indien ist ein großes Relief, voller versteinerter Pflanzen und Götter, zerbrochen und elegant beleuchtet. Der Aufseher windet sich in Schlangenlinien zwischen den Bruchstücken hindurch. Maat sieht, daß sein Kollege eine unendliche Acht läuft. Maat sieht, daß sein Kollege, mit auf dem Rücken verschränkten Händen, die Skulpturen in die Ewigkeit einspinnt. Manche Götter tanzen. Vielarmig werfen sie sich die Erscheinungen zu. Sie stehen frei im Raum, freundlich und abwesend. Maat geht tiefer hinein nach Indien. Er sieht einen Elefanten, der mit dem Rüssel voran aus dem Himmel stürzt und in die Seite einer liegenden Frau eingeht. Die Frau bringt ein Kind zur Welt. Es ist das Kind, das erwachen wird. Maat sucht den Erwachten. Mitten in Indien, auf einem schwarzen Podest über Teppichboden, steht einer, um den sich alles zu drehen scheint; einer, der zur Ruhe gekommen ist; einer, um dessen Haupt ein Nimbus aus Stein gewachsen ist. Zwischen den Augenbrauen trägt er die Haarlocke der Weisheit. Er sieht Maat nicht mit den Augen, sondern mit der erhobenen Innenfläche seiner rechten Hand. Und in dieser Handfläche erscheint, was der Erwachte überwunden hat: Maat sieht das Rad des Lebens, in rasender Drehung erstarrt zu Stein.

*

Eine Kandidatin sucht nach ihrer Chance. Sie steht krumm, als trüge sie einen kleinen Unglücksbukkel; sie steht vorgebeugt, als steckten ihre Füße in einem Sumpf, durch den sie auf die Bühne gewatet ist und der sich dort zu ihrer Überraschung fortsetzt. Sie ist verwirrt. Vor ihr ist ein Panzerschrank aufgebaut. Zögernd blickt sie sich um. Im Halbkreis folgen ihr Kameras. An einer von ihnen glimmt eine rote Lampe. Ganz in der Ferne zittert der verwaschene Umriß des Studiopublikums. Die Kandidatin sucht. Sie beherrscht mehrere Bürosprachen und das Nicken, aber sie weiß nicht, wo ihre Chance liegt. Sie hat Angst, leer auszugehen. Gerade lassen die Kameras die Hälse sinken, als sie plötzlich vorwärtsstürmt und am Zahlenschloß der Panzertür dreht. Undeutlich taucht der Umriß einer Chance auf. Einige Sekunden später sehen die Kameras, daß die gepanzerte Tür sich öffnet und eine der Assistentinnen die Kandidatin in den zimmergroßen Schrank hineinführt. Er ist innen ausgekleidet mit Rehfell, auf dem Schnee schmilzt. Er wird von einem Blitz erhellt. Die Kandidatin wartet. Sie schlüpft in ein Paar am Boden festgenagelter Fellpantoffeln. Mitten im Panzerschrank steht sie mit ihrem kleinen Unglücksbuckel und nickt und nickt.

Maat kennt die hilfreichen Hände der Assistentinnen. Er kennt jede einzelne beim Namen. Wie eine Meute gut gezogener Hunde werfen die Hände sich ins Geschehen. Sie schieben Rollwagen herein; sie öffnen Zauberwürfel; sie stöbern nach dem Glück, ohne abzusetzen. Sie sind schlank gezüchtet, damit sie es aus dem engsten Winkel treiben können. Maat verfolgt sie. Die Hände sind darauf abgerichtet, die Kandidaten gezielt zu packen und ins Bild zu treiben. Sie ziehen sie auf den richtigen Platz, dorthin, wo sie von ihrem Gewinn ganz umschlossen sind, wo er sie umgibt wie ein Heiligenschein. Sie stoßen die Kandidaten leicht an und fügen sie so ins Bild, daß niemand mehr zwischen dem Kandidaten und seinem Gewinn unterscheiden kann. Die Kandidaten werden eingefaßt. Sie lächeln aus einem Medaillon. Die Hände der Assistentinnen sind schon unterwegs, um neue Beute zu machen.

Unser Partnerduell! ruft der Spielleiter. Er begrüßt die Kandidaten. Herzlich willkommen, Günter und Inge! Gegen Günter und Inge treten an: Sabine und Dieter. Günter und Inge, sagt er, sind Sie verheiratet? Ja, sagt Inge, wir sind verheiratet seit zwölf Jahren, haben zwei Kinder im Alter von vier und sechs und möchten heute gerne gewinnen. Sabine und Dieter, sagt der Spielleiter, sind Sie verlobt? Ja, sagt Dieter, wir sind seit drei Monaten verlobt. Wir möchten heiraten. Wir möchten zwei Kinder. Wir möchten heute gerne gewinnen. Der Spielleiter erklärt, daß die beiden siegen werden, die länger gemeinsam durchhalten. Dann wird er beiseite gerückt, und ein Mann mit mitfühlendem Gesicht erscheint. Seine Arme rudern im Leeren. Er steht vor einer Studiowand. Menschen, sagt er, die nur um die Ecke gehen und nie mehr wiederkommen. Menschen, die Zigaretten holen und sich dabei in Rauch auflösen. Menschen, die zum letzten Mal gesehen werden, wenn sie in Waschmaschinenkartons einziehen. Glauben Sie nicht, sagt er, daß dies ein Einzelfall ist. Täglich verschwinden in unserem Land 250 Menschen. Wenn Sie mich sehen und verschwunden sind: Bitte kommen Sie zurück! Der mitfühlende Mann wird aus dem Bild geschoben, und der Spielleiter ist wieder da. Unsere Kandidaten rennen noch um die Wette! Günter und Inge halten die eine, Sabine und Dieter eine andere Lauftrommel in Schwung. Die Trommeln drehen sich so schnell, daß es Funken und knisternde Lichtbögen sprüht. Hier, ruft der Spielleiter lachend, erzeugen wir den Strom für unser Studio! Günter und Inge kippen plötzlich aus dem Bild. Sabine und Dieter haben einen Heimtrainer gewonnen.

*

Die Mittagspause ist zu Ende. Maat ist wieder auf seiner Bahn. Im Mittelalter hat sich niemand bewegt während seiner Abwesenheit, nur die Sonne ist aus ihrem Zenit gesunken und gelber geworden. In einer Ecke des Museums kommt sie jetzt so durch die Vorhänge, daß sich das Muster der rundum vergitterten Fenster auf ihnen abzeichnet. Maat streift diese Ecke gern. In ihr hängt ein Bild, das sich zu einer Heimat weitet. Maat, zurückgekehrt aus anderen Ländern, wird wieder aufgenommen von den blauen Felsen und der braunen Erde.

Maria und das Kind sind auf der Flucht nach Ägypten. Sie sind nachts aufgebrochen, auf einem Esel reitend, den Joseph am Strick führt, entlang dunkler Bäume, deren Blätter golden schimmern, das Kind gewickelt und eng an Marias Herz gedrückt, Maria mit niedergeschlagenen Augen, Joseph mit großen Schuhen nach dem Weg suchend. Eine Weile lang spürten sie, daß der Esel über Räder lief, daß sie immer an derselben Stelle blieben während ihrer Flucht. Jetzt ruhen sie. Um sie liegt eine Landschaft, die sich in die Vergangenheit und in die Zukunft erstreckt. Man sieht das Gestern und das Morgen. Hinter ihnen, eingebettet in einen Ort, den sie schon verlassen haben, wächst ein Kornfeld über Nacht von der Saat bis zur Reife. Der Bauer gibt den Soldaten des Herodes Auskunft. Sie fragen nach einem Neugeborenen. Ein Neugeborenes, sagt er, habe er an dem Tag gesehen, an dem er sein Korn säte. Die Soldaten, winzige, enttäuschte Gestalten, zerstreuen sich im Wind und kehren verwirrt um. Vor den Fliehenden, eingebettet in einen Teil der Landschaft, den sie bald erreichen werden, stürzen Götterbilder, fallen von ihrem Sockel und zerschellen. Es ist das Kind, das Wunder regnen läßt. Es erfrischt seine Mutter mit den Früchten eines Palmbaums, der sich vor ihm neigt bis auf den Boden. Zu Füßen des Kindes sprudelt plötzlich eine Quelle. Die Landschaft hält das Kind in ihrer Mitte. Es hebt seine kleine Hand und bewegt die Elemente. Maria und das Kind ruhen, im Zentrum des Bildes, im Zentrum ihrer Flucht, nach innen schauend; traumwandlerisch haben sie ihre rechten Hände erhoben und tauchen sie ein in die Luft ihrer Geschichte.

Maat geht im gelben Licht. Er kreist in seinem Verhau, umgeben von Ausblicken, die immer gleich bleiben, nur von Staub und wechselndem Licht bestrichen. Maat ist zu Hause zwischen unverrückbaren Bildern, zwischen Bildern, die nicht ineinander übergehen, von denen jedes stehengeblieben ist in einem Moment, der nicht zur Gänze zwischen Rahmen paßt, auf den sie aber einen Ausblick öffnen, unverrückbar und einmalig. Maat ist zu Hause zwischen Bildern, die alle eine einzige Geschichte erzählen, gesehen durch die Facettenaugen des Malens, eine einzige Geschichte, die jeder Maler neu erzählt. Sie ist nah und doch in unendlicher Ferne verloren. Selten sieht jemand auf. Selten sieht jemand aus den alten Bildern heraus. Es öffnen sich keine Münder, um die Sätze zu sagen, die zu der Geschichte gehören; nur vereinzelte Spruchbänder flattern. Und die Hände reden. Sie bevölkern die Bilder in allen Haltungen, zu denen sie fähig sind. Sie sprechen von vergessenen Dingen. Maat, der zwischen ihnen umhergeht, zieht manchmal seine eigenen Hände hinter seinem Rücken hervor und betrachtet sie in ihrem Schlaf. Weiß und fleischig blinzeln sie ihn an. Sie sind müde.

*

Ein verspiegeltes Markstück öffnet sich und entläßt den Spielleiter auf die Bühne. Maat rutscht auf dem Sofa hin und her, bis er die bequemste Stellung gefunden hat. Die Assistentinnen rollen den ersten Preis herein. Es ist ein Entsafter, der auf einem Kissen liegt. Wieviel müßten Sie für dieses Stück im Laden zahlen? fragt der Spielleiter. Die Kandidaten pressen ihre Lippen aufeinander. Dann drehen sie alle gleichzeitig ihre Köpfe, zurück zum Publikum, das plötzlich zu gestikulieren beginnt. Fuchtelnde Finger versuchen, Zahlen vorzusagen. Zeichen fegen durchs Studio, abgerissene Schreie aus der Taubstummensprache des Begehrens. Nur der Entsafter liegt ruhig im Tumult. Auf seinem Gehäuse spiegelt sich alles verzerrt und klein.

Während Maat in seinem Feierabend ankert, leicht hin und her gerollt von extra für den Feierabend aufgezeichneten Bildern, deckt die Nacht allmählich die Städte zu, die Dörfer, die großen leeren

Wälder, die Hinweisschilder und Ausfallstraßen. Drei der Hinweisschilder zeigen in die gleiche Richtung: Parkplatz, Sportplatz, Schießplatz. Die in der Nacht verteilten Sendemasten senden und dösen dabei im Stehen. Blumen, die in ausgediente Lastwagenreifen gepflanzt sind, ziehen sich zusammen und bücken sich, um Tau zu sammeln. Die unterirdisch kanalisierten Flüsse rauschen lauter als tagsüber. Wenn die Luft sich bewegt, klappern Straßennamen in ihren Halterungen, und weiter draußen beginnen die großen leeren Wälder zu tönen, von niemandem gehört.

*

Maat fährt sich über die Augen. Im Museum beginnt der Nachmittag. Maat geht von Saal zu Saal und zieht die Vorhänge wieder auf. Die Sonne ist hinter Wolken verschwunden. Der Tag nimmt eine windige Färbung an. Vielleicht wird es regnen. Draußen sieht Maat Passanten, die an unsichtbaren Schnüren vorwärtsgezogen werden. Sie gleiten sehr schnell vorbei. Maat steht eine Weile am Fenster. Von draußen, vom Bürgersteig aus, ist er ein undeutlicher Fleck hinter Gittern. Die Leute, die im Vorbeigezogenwerden kurz den Kopf heben, glauben, einen Gefangenen zu sehen, und Maat, für den die Leute nur undeutliche Flecken sind, glaubt auch, Gefangene zu sehen. Manchmal winken sie ihm zu, kleine Aufforderungen hinauszukommen, mit ihnen durch die Böen zu rudern, auf daß die Atmosphäre surre vor Nützlichkeit. Maat lächelt. In seinem Rücken lächeln die Bilder.

40 Tage und 40 Nächte war das Kind in der Wüste. Es hat in der großen Leere ausgeharrt, ohne zu essen. Es hat den Goldgrund, der sich hinter der Wüste erhebt, immer deutlicher leuchten sehen. Als es schmal ist vor Hunger, kommt sein Versucher. Er lebt in einem braunen Dämonenfell. Er steht gut im Futter. Die beiden begegnen sich am Rande der Wüste, dort, wo die Wüste ihre Fersen als rissige braune Berge ausstreckt. Sie stehen sich gegenüber. Zwischen ihnen ist eine Felsspalte. Der Atem des Versuchers hat die Bäume ringsum gefällt und nichts außer schwarzen, verkohlten Stümpfen zurückgelassen; nur zwei Bäume, stärker als die anderen, haben widerstanden. Einer von ihnen ragt blühend aus der Felsspalte auf. Der andere scheint Steine als Früchte zu tragen. Der Versucher hat Fledermausflügel. Er läuft auf Krallen. In seinen Händen hält er zwei Steine. Wenn dich hungert, sagt er zu dem Kind, so mache sie zu Brot. Gibt es Schlimmeres, fragt er zähneflet-

schend, als leere Hände und einen leeren Magen? Mache sie zu Brot, sagt er, und dir wachsen Fledermausflügel, die von einem Ende der Welt bis zum anderen reichen. Sind 40 Tage und 40 Nächte nicht lang genug gewesen? Eine schwarze Sprechblase kommt aus dem Mund des Versuchers. Hell sind die Umrisse klingender Münzen in sie eingeritzt. Das Kind und er stehen sich gegenüber, fern der Menschen, vor einem Goldgrund, der von einem Ende der Welt bis zum anderen reicht. Das Kind streckt seine Hände aus, dem Himmel entgegen, damit er dienstbare Engel auf sie herabregnen läßt. Der felltragende Dämon spürt, daß die Steine immer schwerer wiegen. Sie ziehen ihn unaufhaltsam auf die Felsspalte zu.

Leise summend geht Maat auf seiner Bahn. Sein Nachmittag ist eine Ebene, weder baumbestanden, noch von Flüssen durchschnitten. Es herrscht Windstille. Maat hört seine Schritte, als liefe er über sein eigenes, straff gespanntes Trommelfell. Eine der Belüftungsmaschinen klappert wie die Hufe eines Esels, der im Joch geht. Am Horizont ragen die Bilder auf. Sie begrenzen die Ebene und öffnen sie auch; sie sind noch in Licht getaucht, das die Ebene schon nicht mehr erreicht. Maat durchmißt den Nachmittag, ohne an die Zeit zu

denken. Er geht geradeaus im Kreis. Der Tag ist ein Jahreslauf; die Jahre versammeln sich zu Jahrzehnten. Die Wände des Museums haben immer am gleichen Ort gestanden.
Plötzlich ruft ihn eine Stimme. Sie scheint aus weiter Ferne, aus ihm selbst zu kommen. Erschreckt sieht er sich um. Das Funksprechgerät knackt und sagt seinen Namen. Der Direktor erwartet den Museumswärter Maat.

*

Hereinspaziert! hört Maat den Direktor rufen. Er lebt hoch über den Jahrhunderten; seine Türgriffe sind golden. Auf dem Tisch, hinter dem er hervorkommt, liegt weder Staub noch Arbeit. Mit ausgestreckten Armen schnellt er Maat entgegen, und aus dem Schnürboden fällt eine fürsorgliche Miene in sein Gesicht herab.
Maat ist bleich. Seine Hände haben sich auf dem Rücken ineinander verkrallt. Sie lassen sich nicht lösen. Der Direktor steht vor Maats Augen als großer Schatten auf.

Mein Kreuz, denkt Maat, mein schmerzendes Kreuz. An einer Stelle seines Rückgrats klemmt mit immer offenen Augen der Schmerz. Es ist ein zusammengerollter Schmerz, ein stechend weißes Seepferdchen, das zwischen den Wirbeln des großen Rückgrats ankert. Es schaukelt hin und her und scheint auf eine Strömung zu warten, in der es wieder frei schwimmen kann. Es ist winzig. Es ist das Rückgrat, das Maat hatte, als er in die Welt kam.

Wie die Jahre vergehen! Wie die Jahre vergehen! Geflügelte Worte, geflügelte Zeit!

Maat kennt Tage, die schlafend unter der Decke hängen, bis sie aufgeschreckt werden, bis sie umherflattern und sich vor Aufregung in seinem Gesicht festkrallen. Diese Tage sind unvorhersehbar. Unter ihrem Ansturm fallen Maat die Haare aus.

Wie die Jahre vergehen! Wie die Jahre vergehen.

Guten Tag, sagt Maat. Im Treppenhaus, auf dem Weg zum Direktor, hat er geübt, guten Tag zu sagen. Er schwitzt kalt. Seine Hände fühlen sich an, als ob sie sich aus dem Gelenk lösen wollten. Der Direktor drückt Maat auf einen Stuhl. Die Wanduhr schlägt. Maat spürt, wie das verfangene Seepferdchen zu schaukeln beginnt. Maat ist es nicht gewohnt, auf einem Stuhl zu sitzen.

Bald 40 Jahre! ruft der Direktor. Mein Lieber, ruft er, bald 40 Jahre ist es her, daß Sie in unser Museum kamen. Ich sehe sie vor mir, damals: gewissermaßen noch nicht erkaltetes Gestein. Sie wußten gleich, wo Ihre Chance liegt. Schätzen Sie Ihr mögliches Einkommen, sagte ich. Sie schätzten richtig. Die Panzertür unseres Museums sprang vor Ihnen auf. Sie verschwanden im Mittelalter, um bis heute nicht daraus hervorzukommen. Als letztes, sagt der Direktor, sah ich Ihren kleinen Unglücksbuckel. Aber Sie drehten sich noch einmal um und machten im Fortgehen eine eigentümliche Bewegung: Es sah beinahe aus, Maat, als wollten Sie mich segnen.

Maat sieht sich selbst, auf Händen laufend, in die Sonne starrend, bis die Menschen helle Flecken statt Gesichtern haben, in den Wind greifend, in die große Orgel des Windes, präludierend und Wolkenfugen spielend, die ihre zarten weißen Bäuche über die Erde schieben, die hin und her geweht werden und niemals stehenbleiben.

Mein Lieber! Stets berechenbar! Ein Gewinn für unser Haus. Folgendes machen wir uns wohl beide nicht mehr: Gedanken, Sorgen, Illusionen.

Der Direktor wirft seinen Schatten auf Maat. Maat glaubt, verkohlte Baumstümpfe zu sehen. Der Direktor gestikuliert und fletscht die Zähne. Er sagt, heute käme Maats verdienter Feierabend so nah wie nie. Zum Greifen nah.

Maat sieht ein angehaltenes Bild. Der Direktor hat den Arm erhoben in einer kumpelhaften Schlächtergeste. Gleich, denkt Maat, hackt er mir den Kopf ab. Ich werde ausbluten in Sekundenschnelle.

40 Jahre, sagt der Direktor. 40 Jahre in der Wüste des Mittelalters. Er lacht. Sie müssen hungrig sein und durstig, sagt er. Er öffnet die Hände. Maat erkennt, daß der Direktor ihm zwei Bündel zusammengepreßter Geldscheine anbietet. Sie kommen auf Maat zu wie Steine. Machen Sie sich eine Freude, sagt der Direktor. Maats Augen weiten sich. Ein Fledermausflügel verfinstert den Himmel.

Maat, sagt der Direktor. Da ist noch etwas, was ich Ihnen sagen muß.

Maat sieht sich selbst. Er geht über einen sanft ansteigenden gelben Hügel. Er wirft das Geld des Direktors in den Hut eines Blinden. Am Horizont ragt das Museum auf. Alle Wegweiser drehen sich in seine Richtung. Das Museum, freigelegt von der Ebbe des Morgens, wartet auf Maat. Er beißt ein Stück aus der großen roten Sonne. Er wird den Dienstanzug tragen, der ihn umhüllt wie der vor langer Zeit entstandene Erdmantel seinen Kern.

Ein stattliches Sümmchen, sagt der Direktor. Ich sehe Sie schon, sagt er, unter Ihrem aufgebockten Glück liegen. Maat, sagt er, Sie haben die Panzertür wieder geknackt. Sie sind frei.

Maat sieht, wie sich über das Gesicht des Direktors das Gesicht einer Ansagerin schiebt. Ihre Haare liegen ganz still. Ihre Lippen bewegen sich. Sie erzählt vom Glück. Das Glück, sagt sie, lebt jetzt in einer großen Halle. Es spielt gern, sagt sie. Es hängt nicht im Himmel, sondern kann auf die zurollen, die es verdient haben. In Ihrem Wohnzimmer, sagt sie, wird es sich zu Hause fühlen.

Herrgott, Maat! ruft der Direktor. Wir brauchen Sie nicht mehr. Heute ist Ihr letzter Tag.

Maat steht vom Stuhl auf. Im Zimmer des Direktors herrscht undurchdringliche Schwärze. Ein Blitz zuckt auf Maat zu, ein weißes Seepferdchen, das seinen Kopf hebt und ihn aus winzigen Augen anstarrt.

*

Maat liegt auf dem Museumsboden. Noch nie hat er auf dem Museumsboden gelegen. Er muß weit fort gewesen sein. Langsam taucht er aus der Dunkelheit auf. Über ihm spannt sich der bekannte alte Himmel, die Museumsdecke, aber ihm ist, als hätte er Steine in den Händen. Ihm ist, als läge er auf Klippen, am Rande einer lautlosen, stürmischen See. Maat fürchtet, er sei aus der Zeit gefallen. Zwar findet er sich im Mittelalter wieder, aber er liegt dort mit seltsam verrenkten Gliedern. Er liegt in dem Saal, in dem Propheten sich aus ihren Rahmen beugen und gegen die Zukunft wüten. Er sieht, wie sie ihre Fäuste über ihm schütteln. Wie ihn ihre verwitterten Gesichter mustern, als er aufzustehen versucht. Wie in ihren verwitterten Gesichtern sämtliche Landschaften eingegraben sind, durch die je Menschen irren werden. Maat hält sich am Heizkörper fest. Er hofft, daß seine Welt sich wieder um ihn schließt. Er sehnt sich nach den vertrauten Bildern. Er sucht nach der Stillung des Sturms.

Das Schiff ist draußen auf See, als ein großes Ungestüm sich erhebt. Der Wind bläst aus Dämonenschnauzen, rührt das Wasser auf, bis die Wellen sich weiß kräuseln, bis sie ins Schiff schlagen, grauweiße Bordüren, die die Ruder lähmen und alle, die im Schiff sind. Nur das Kind schläft. Sie beugen sich nieder zu ihm, sie lassen ihre Hände auf das Kind fallen wie abstürzende Vögel, sie rufen: Wir verderben! Das Kind liegt im Heck des Schiffes und schläft. Es ist auf seinen Heiligenschein gebettet und träumt von einem Pilger mit Krummstab, der im All einen dunkelblauen Schlaf schläft, umgeben von Ähren, Sternen und Fischen. Es träumt vom Schleier einer zarten grünen See, ausgebreitet über den Abgründen. Windköpfe blasen grau aus dem elfenbeinernen Himmel. Das Kind träumt. Wir verderben! rufen die Jünger. Entsetzen durchquert sie in Sprüngen. Da sehen sie, daß das Kind am Bug des Schiffes steht, in dessen Heck es gleichzeitig schlafend liegt. Es sieht dem Ungestüm in die Augen. Es hebt zwei Finger und besänftigt Wind und Wellen. Der Sturm wird ganz still. Rund um das Schiff breitet sich eine zarte grüne See aus. Sie scheint zu schlafen, wie das Kind schläft, unberührt von allem, was hervorbrechen kann aus ihrer eigenen Geschichte.

Maat steht wieder auf den Beinen, unsicher und schwach. Er kann nicht glauben, daß seine Rundgänge einmal ein Ende haben sollen. Er glaubt, er habe geträumt. Noch hängen die Wände des Mittelalters voller Bilder. Noch ticken die Hygrometer, schreiben Gebirgszüge unter Glas, notieren Maats Atemstöße, flackernd zwischen Wellentälern und Gipfeln, noch knarrt das Parkett unter seinen Schritten, noch klirrt das Schlüsselbund des Museums an seiner Hüfte, noch liegt auf seinen Schultern der von Heiligen abgestreifte Staub. Noch sieht er den Regen draußen, wie er ihn viele Nachmittage sah, aus den Augenwinkeln, gleichmäßig grau und fern. Noch ist Maat im Museum, aber Angst steigt in ihm auf. Der Dienstschluß, der diesen Abend kommt, wird eine Wüste sein, in der er seine eigenen Hände sucht. Er wird sich sehr anstrengen müssen, um sich zu erinnern, daß sie an seinem Körper festgewachsen sind. Er wird lange nicht vermögen, sie vor sein Gesicht zu bringen. Er wird vor Anstrengung schreien. Wenn es endlich gelingt, wird er sie nicht erkennen. Riesengroß werden sie sein. Er wird versuchen, die Linien zu lesen, die als Wege in sie eingeschnitten sind. Sie werden sich alle in einem Punkt treffen.

*

Willkommen im Gewinnparadies! rief der Spielleiter jeden Abend, 72.000 Kilometer von Maat entfernt. Er war hinausgeschickt in die stumme, sternenbesteckte Schwärze, bis er in 36.000 Kilometern Höhe einen über der Erde stehenden Satelliten traf – und von ihm wieder zurückgeworfen wurde durch die stumme sternenbesteckte Schwärze, hinein in Schüsseln, die wie aufgesperrte Münder dicht über dem Erdboden warteten. Wenn er auf dem Bildschirm erschien, merkte man ihm seine lange Reise nicht an, aber manchmal sah Maat, daß der Spielleiter verstohlen auf seine Armbanduhr blickte, als sei er ungeduldig und frage sich, wann er wohl ankomme. Mit ihm gereist und dabei ausgekühlt waren die Dinge, die Fragen und die Kandidaten. Sie drängten sich, gerahmt von blinkenden Lichterketten, auf Maats Bildschirm zusammen. Sie waren in Eile. Nach 72.000 Kilometern wollten sie ins Ziel vorstoßen. Die Dinge wollten gewonnen sein, die Fragen gelöst und die Kandidaten glücklich, weshalb sie mit heftigen Gesten die Luft zerteilten. Maat sah Menschen, die vor der Kamera 40 Purzelbäume machten. Er sah Menschen, die 10.000 Mark bekamen, weil sie den Preis einer Dose Kondensmilch errieten. Willkommen im Gewinnparadies! Sie wissen ja, sauschnell saureich! Maat lag auf seinem Sofa und hörte das Studiopublikum singen. Nimm dein Herz in die Hand, find das Richtige raus, denn nur das paßt hier rein, sei schlau wie ein Fuchs und schnell obendrein, komm, spiel mit mir! sang es und saß dabei auf Bänken ohne Rückenlehnen. Auch das Publikum kam von weit her. Es hatte trocknende Wäsche hinter sich gelassen, halb ausgefüllte Lottoscheine, Sorgen und Fernseher, an denen ein ewiges rotes Licht glimmt; während der Fahrt verpflegt mit einer Tasse Kaffee und einem Stück Kuchen. Es hatte leise sein Lied geübt. Am Busfenster waren Landschaften vorbeigezogen, ausgeschildert und leer.

*

Maat schlingert durch das dunkler werdende Museum. Er versucht seinen Kurs zu halten. Manchmal stößt er sich von den Wänden ab. Wenn es draußen regnet, hat die mattgrüne Bespannung überhaupt keine Farbe mehr. Sie ist dann eine Fläche, die alles schluckt, eine Fläche, auf der die Bilder wie in einem Walfischbauch verschwinden, Ahnungen zurücklassend, etwas schimmerndes Gold, Umrisse nachgedunkelter Wunder. Maat kennt die Bilder so gut, daß er sie auch noch sieht, wenn sie unsichtbar geworden sind, aber wenn er im Halbdunkel gegen Besucher stößt, weiß er, daß er die Beleuchtung einschalten muß. Großes diffuses Neonlicht flammt auf. Die Bilder hängen wieder an den Wänden. Vor ihnen zusammengekrümmt stehen die Besucher und lesen die Schilder. Immer machen sie erst einen Schritt vor, dann einen Schritt zurück. Maat beobachtet sie, ohne abzusetzen. Manchmal stellen sie sich im Halbrund um ein Bild auf, deuten mit dem Zeigefinger auf ein Detail und tuscheln. Meistens sind sie still und blättern in einem Prospekt, um herauszufinden, wie sie aus dem Museum wieder herausfinden. Mit einer gewissen Scheu mustern sie den Museumswärter Maat, der in allen Räumen auftaucht, Maat, der scheinbar durch Wände gehen kann, Maat, der auf seinem Posten ist, obwohl ihm das Wasser bis zum Hals steht.

Das Schiff ist ausgefahren auf die schwarze, fischeglänzende See. Am schwarzen Himmel leuchten Margeriten. Die Jünger drängen sich zusammen. Sie legen ihre Köpfe schräg vor Angst, denn der Wind weht ihnen entgegen, und das Schiff leidet Not von den Wellen. Die Jünger haben riesige Augen. In den Augen spiegelt sich die schwarze, fischeglänzende See. Sie rufen nach dem Kind, das allein ist auf einem pastellfarbenen Berg und betet.

Sie rufen sehr laut. Ihre Rufe verhallen. Um die vierte Nachtwache aber, als sie nur noch wenig Hoffnung haben im Wind, kommt das Kind zu ihnen und geht über das Meer. Seine Füße berühren kaum das aufgewühlte Wasser. Sein Lächeln erhellt die Nacht. Die Jünger erschrecken und sprechen: Es ist ein Gespenst! und schreien vor Furcht. Fürchtet euch nicht, sagt das Kind. Die Jünger sind starr. Heiß mich zu dir kommen auf dem Wasser, sagt Petrus, der Menschenfischer. Komm her, sagt das Kind. Und Petrus tritt aus dem Schiff und geht auf dem Wasser, mit weit geöffneten Augen, in denen das Kind sich spiegelt. Die Sterne flackern. Als Petrus den Wind spürt, erschrickt er. Plötzlich beginnt er zu sinken. Er schreit. Riesig streckt das Kind seine Hand aus. Es zieht Petrus zu sich herüber. Wer in die Leere gerät und zweifelt, sagt es, der wird in seinen Zweifeln ertrinken.

Maat kontrolliert die Geräte, als kontrollierte er sie nicht zum letzten Mal, sondern einmal unter zehntausenden Malen, wie er es immer getan hat. Der Streckengeher Maat geht seine Strecke ab. Zuerst klopft er gegen die Scheiben der Hygrometer. Dann beugt er sich über den klappernden Raumbelüfter Defensor 4.000 V. Ein kühler Wind schlägt ihm ins Gesicht. Es ist ein Wind, der von draußen kommt, aus dem Regen, gegen den die Menschen draußen vorwärtsgezogen werden wie Karawanen. Schließlich überprüft er, ob der automatische Luftentfeuchter arbeitet. Er heißt Oasis. Sein Emblem ist eine Palme. Er schützt die Bilder vor dem Schweiß und den wäßrigen Atemwolken, die die Besucher ausstoßen. Er schafft zuverlässige Bedingungen. Er sorgt dafür, daß die Bilder nicht verschwimmen. Oasis täuscht ihnen eine Gegend vor, die menschenleer ist und ohne Wetter. Er schafft ihnen eine Atmosphäre, in der sie bleiben können. Maat reguliert die Geräte. Er hält die Bilder fest.

*

Hoppla! Immer wenn er den Spielleiter stolpern hörte, schlug Maat ein Auge auf. Er liebte kleine Pannen. Der Spielleiter baute sie so geschickt ein, daß sie ganz natürlich wirkten. Manchmal irrte er zwischen abgebrochenen Sätzen, zwischen verwehten Hirnlappen umher, nur um von den Assistentinnen gerettet und zurück ins Spiel getragen zu werden. Oder er ging am Rand der Bühne entlang, für einen Moment unscharf, und stieß dabei Kisten um, aus denen Götterfrüchte kullerten und in Schöße rollten. Oder er verwechselte die Kandidaten miteinander und erzählte ausgerechnet einer Schwiegermutter den Witz vom Kaktus, der Schwiegermutterstuhl heißt. Das Publikum liebte es, wenn der große Spaß in kleine Späße umschlug. Die Fehler, die der Spielleiter machte, beatmeten die ganze Sendung: Sie wurde zu einem lebendigen Organismus, zu einem Geschöpf, das über Hindernisse taumelt und winkt. Sie wurde wahr. Die Welt war da. Das Publikum seufzte vor Behagen, denn nach Pannen wurde alles gut. Der Spielleiter dosierte sie. Er blickte dabei zum Aufnahmeleiter, der ihm anzeigte, wann es genug war. Dann teilte der Spielleiter Trostpreise aus. Die Kandidaten, die es nicht geschafft hatten, durften zur Erinnerung Modelle des originalgetreu verkleinerten Studios mitnehmen, mit magischem Vorhang, daumennagelgroßem Glücksrad, stecknadelgroßen Haushaltsgeräten, dem lächelnden Spielleiter und ihnen selbst, wie sie zusammengeschrumpft ihre Trostpreise entgegennehmen.

*

Maat, durch den Nachmittag seines Lebens treibend, blickt auch in die Ecken des Museums, dorthin, wo die Feuerlöscher hängen, wo die unauffällig in die Wände eingelassenen Türen sind, wo das Licht nicht ganz hinreicht und sich einzelne Gedanken festsetzen. In einer dieser Ecken entdeckt Maat einen versteinerten Besucher. Er ist erstarrt in der Pose langen Besuchs, langen Hinsehens und Vergleichens. Er nimmt Maß. Maat kennt die Besucher, die beinahe ohne sich zu bewegen ausharren, die bei den alten Bildern bleiben, um sie zu kopieren. Diese Gäste mag Maat. Sie bleiben so lange, daß sie anfangen zu sehen, was Maat sieht: Mystische Wälder, in denen Einsiedler, von einem Pfeil getroffen, lächeln. Verlorene Planeten, auf denen Menschen wohnen. Hände, die aufblühen vor dem Goldgrund angehaltener Zeit.

Der Besucher skizziert Umrisse. Nur sein Arm bewegt sich. Er mischt Farben. Maat spielt mit seinem Schlüsselbund. Klirrend in der Stille, kommt er langsam näher, zieht enger werdende Kreise, um zu erfahren, was der Unbekannte kopiert. Maat erwartet, irgendeine Geste verdoppelt zu sehen, die er auswendig kennt, irgendeine Geste, die ausgestorben ist und nur hier überdauert hat, aber als er so nahe gekommen ist, daß er das Bild des Besuchers erkennt, kann er nicht glauben, was er sieht. Der Mann hat alles kopiert, was in Maats Abteilung hängt, und er hat es zusammengefügt zu einem Abbild Maats. Maat sieht ein Universum, das seine eigenen Umrisse hat. Die alten Bilder haben sich in ihm, in seiner Schwärze versammelt, um dort spiralförmig zu kreisen, sich zusammenzuballen, zu leuchten und eines Tages zu verglühen. Zum ersten Mal sieht Maat alle diese Bilder gleichzeitig, ihren ungeheuren Wirbel aus Armen, Beinen und Flügeln. Ihm schwindelt. Er sucht nach einem einzelnen Bild, an dem er sich festhalten kann, nach irgendeinem Bild, das ihm immer um diese Zeit begegnet.

Am Abend nimmt das Kind Petrus, Johannes und Jakobus den Älteren und geht mit ihnen zum Garten Gethsemane am Ölberg. Das Gelände ist steil und felsig. Vögel singen im Halbdunkel, Vögel, deren Bäuche rot schimmern, die immer dort sind, wohin das Kind geht. Sie sitzen im bräunlichen Gras und auf den winzigen, kniehohen Bäumen, die Blätter wie Anissterne haben. Die Bäume leuchten trocken aus dem Dunkel und rascheln. Das Kind ragt auf, obwohl es in sein Gebet gekrümmt ist. Es füllt eine ganze Felsspalte aus. Es ist allein auf einem Stück Land, durch einen Riß von den Menschen getrennt. Hinter den Felsen, an den Garten Gethsemane gelehnt, schlafen die Jünger. Petrus hat seine zehn Finger gelockert und über Kreuz auf sein Knie gelegt. Johannes umarmt sich selbst im Traum. Jakobus stützt sein schwer gewordenes Haupt mit der Linken. Während die Jünger die Augen voll Schlaf haben, hebt das Kind seine Hände zum blutroten Himmel auf. Ein Engel beugt sich aus einer blauen Wolke zu ihm nieder. Das Kind und der Engel sehen sich an. Während die Jünger die Augen voll Schlaf haben, während die Hände des Kindes auf seinem einsamen Stück Land einen Kelch entgegennehmen, erscheinen am linken Bildrand schon die vier Spinnenfinger, die Judas gehören, umklammern den Zaun des nächtlichen Gartens und beginnen, ihn mitsamt den singenden Vögeln, raschelnden Bäumen und Felsen zurück auf die Erde zu reißen.

Als Maat sich umwendet, ist der fremde Kopist verschwunden. Maat geht einmal suchend durch die ganze Epoche. Die Propheten beugen sich aus ihren Rahmen und schütteln ihre Fäuste, wie sie es immer getan haben. Gläubige Hände stehen in einer großen Strömung. Engel helfen entschwindenden Seelen über den Rand von Hausdächern in den Himmel auf.
Maat kontrolliert die Ecken, wo die Feuerlöscher und die unauffällig in die Wände eingelassenen Türen sind. Nirgends versteckt sich der Kopist.

Auch sein Bild ist fort. Das Neonlicht erhellt diffus und gleichmäßig die Räume. Maat hat plötzlich Lust, jedes einzelne Bild anzufassen, um sich zu überzeugen, ob es wirklich ist. Ohne zu zögern, nähert er sich dem ersten Firnis. Als er ihn unter den Fingerkuppen spürt, hört er das ohrenbetäubende Schrillen der Alarmanlage.

*

Vorsichtig, mit weit entblößten Zähnen, steuerte eine der Assistentinnen einen Geländewagen über den Bühnenboden. Das Publikum klatschte, bis sein Klatschen auf einem Wellenkamm angelangt war, bis es abbrach und zurücklief, um sich neu zu sammeln. Auf seinem Klatschen fuhr langsam die Fata Morgana vollkommener Freiheit dahin. Dann wurde die Handbremse angezogen. Der Spielleiter schob den Kandidaten, der den Geländewagen gewonnen hatte, vorwärts, indem er ihm immer wieder auf den Rücken schlug. Stockend trat der Kandidat ein in das Magnetfeld des Wagens, begleitet von Kameras, die auf seine wie blind vorgestreckten Hände hielten. Er berührte den Lack. Er berührte ihn an allen möglichen Stellen. Der Spielleiter öffnete die Tür und drückte den Kandidaten ins Wageninnere. Der metallisch blaue Lack schlug über ihm zusammen. Er streckte seinen Arm ins Freie. Ja, rief der Spielleiter, winken Sie! Der Spielleiter, die Assistentinnen und die leer ausgegangenen Kandidaten stellten sich rund um den Geländewagen auf und winkten, bis der Abspann ganz über ihre Körper gelaufen war.

*

Im Mittelalter schrillt die Alarmanlage. Maat steht erstarrt, mit einer Hand auf bemaltem Eichenholz, um es aufzustoßen wie eine Tür, hinter der er schemenhaft seine Zukunft erkennt. Maat steht vom Schlag getroffen, von Strom durchflossen, an eins der alten Bilder gefesselt, die er sonst vor jeder Berührung schützt. Er ist unfähig, sich zu lösen. Seine Hand liegt mitten auf dem Bild. Sie ist umringt von gemalten Händen. Maat hat das Gefühl, gefangengenommen zu werden. Er hört Butterbrotpapier knistern. Seine Kollegen, verteilt in angrenzenden Abteilungen, recken ihre Hälse und lauschen in die Richtung des nicht endenden Alarms. Vor Aufregung verschlucken sie sich. Hustend kommen sie herbeigelaufen, ihre Hände fest auf die Funksprechgeräte gepreßt. Sie werfen sich gegenseitig kurze Fragen zu. Als sie das Mittelalter erreichen, können sie nicht glauben, was sie sehen. Ihr Kollege Maat ist elektrisiert. Er scheint zu versuchen, eine Tür aufzustoßen. Die Kollegen ziehen ihn zurück in ihre Mitte. Sie stehen schweigend um ihn herum. Maat weiß offenbar nicht, wo er ist.

Rund um das Kind bildet die Luft plötzlich einen Wirbel. Die zarte grüne Wiese bedeckt sich mit Menschen. Verschattete Blumen nicken am Abgrund. Die Menschen dringen auf das Kind ein. Einer, der rote Haare hat, der herausragt gleich einer giftigen Orchidee, umarmt das Kind und küßt es auf die Wange. Das ist das Zeichen. Der Wirbel schließt sich enger zusammen. Helme, Schwerter und Fackeln stürzen auf das Kind ein. Die Nacht, die wie alle Nächte des Kindes einen Goldgrund hat, füllt sich mit Häschern. Es wird taghell. Petrus zieht sein Schwert. Der Knecht Malchus, der eine Lampe trug, stürzt zu Boden. Sein rechtes Ohr liegt abgeschlagen zwischen Blumen und tränkt sie mit Blut. Das Geschrei des Malchus steigt aus zahnlosem Mund empor. Der Rothaarige wendet sich nicht um. Er hält sein Gesicht so an das Gesicht des Kindes gedrückt, daß sie herzförmig zusammengewachsen erscheinen. Vor dem Kind steht ein Häscher und streckt Fäuste in Eisenhandschuhen nach ihm aus. Sie glänzen metallisch blau. Sie greifen das Kind, das noch im warmen Käfig von Judas' Umarmung gefangen ist. Das Kind schaut aus dem Bild, unberührt vom Wirbel der aufflatternden Nacht. Eine Strohfackel brennt leise knisternd. Die Hände des Kindes reden. Mein Freund, fragen sie Judas, warum bist du gekommen?

Nach einer leichten Ohrfeige erkennt Maat, daß die blaue Wand, die vor ihm wogt, seine Kollegen sind. Er muß lächeln. Seine Kollegen sind alt geworden. Reptilienköpfig starren sie ihn an. Sie heißen alle Schorsch. Maat weiß, was sie sagen, wenn sie einander begegnen: Na, Schorsch, bald ist Feierabend. Maat weiß, daß sie gerne in den Ecken zusammenstehen, daß dann Butterbrotpapier raschelt und sie sich Fotos zeigen, auf denen sie zwischen Zeltstangen lachen und aus der Vergangenheit winken, mit wehendem Haar, wie aus einem Auto. Die Räume, sagen sie, die Menschen, alle anders heute, anders frisiert. Maat weiß, daß seine Kollegen nur noch die nötigsten Wegen, gehen. Sie drehen ihre Reptilienköpfe nicht mehr nach jedem Besucher. Trotzdem kennen sie die Dienstvorschriften. Immer die Augen wach halten! rufen sie einander zwinkernd zu. In Zeitlupe schieben sie sich aneinander vorbei, mit Broten und Fotos in den Taschen ihrer Uniformen. In außergewöhnlichen Situationen schließen sie sich alle zusammen und rücken gemeinsam vor. Maat sieht ihre Gesichter ganz nah. Er erinnert sich wieder an den Tag seiner Einstellung. Er erinnert sich, wie man ihm das Mittelalter anvertraute, wie er schon am ersten Tag beschloß, darin zu verschwinden. Na, Schorsch, sagt Maat zu seinen Kollegen, bald ist Feierabend.

*

Ein Mann namens Werner stand träumend im Gewinnparadies. Unter seiner Schädeldecke schwebte ein rosa Taschentuch. Es stieß nirgendwo an, sondern streifte ihn mit einem Hauch, während es nach der Porzellanhand suchte, die auch Werner jetzt sah. Mutti, flüsterte er. Die Porzellanhand zerbrach. Seine Augen begannen zu rotieren. Immer stärker blitzte ihr Weißes. Um ihn herum kreisten 10.000 Partikel, die er nur aus der Luft zu pflükken brauchte, aber er konnte sich nicht entscheiden. Supermann kam angeschwirrt wie eine hilfsbereite Libelle. Er setzte sich auf Werners Arm und breitete seinen Mantel aus. Das gibt's doch gar nicht, flüsterte Werner. Mutti, flüsterte er, dein Junge kauft für dich ein. Diesmal lösen sich die

Sachen nicht auf, wenn du morgens kommst und mich weckst, das verspreche ich dir. Ich hol sie dir im Einkaufswagen. Ich hol sie dir durch die zufallende Tür. Werner! rief der Spielleiter, was wollen wir also nehmen? Ja, sagte Werner, ich nehme das Himmelbett, den Fahrradhelm, den Allesschneider, das Waffeleisen, den Sektkühler, das Service, die Bohrmaschine, das Fahrrad, die Videokamera und für meine Mutter die tropfsichere Thermoskanne.

*

Maats Kollegen haben ihn wieder allein gelassen. Es ist später Nachmittag. Zum ersten Mal sucht Maat im Mittelalter nach einem Notausgang. Er steht zwischen geöffneten Altären, zwischen Landschaften aus Eichen-, Pappel- und Buchenholz, zwischen den einzelnen Stationen einer Geschichte, in deren Risse und Sprünge sich Restauratoren versenkt haben, um sie gegen den Zerfall abzudichten. Er sucht zwischen angehaltenen Momenten einer Ewigkeit.

Rund um das Museum gewittern Hände und ziehen an den Hebeln einarmiger Banditen. Sie tauchen durch Kamillenblütenregen, um lange glatt zu bleiben. Sie blättern das Leben mit angefeuchtetem Finger durch, überfliegen es, suchen nach seinen Anfangszeiten. Sie sind immer in Bewegung. Sie jagen das solide Glück. Die Erde dreht sich, die Hände spüren den Fahrtwind. Das solide Glück bleibt immer im gleichen Abstand. Es sieht aus wie ein Markenartikel. Alle Federn sind ihm ausgefallen. Es kommt nicht vom Boden hoch. Vergeblich schlägt es mit den Flügeln. Das Glück ist flüchtig, aber es bleibt in Sichtweite. Nachts fassen die, die hinter ihm her sind, einander an und ziehen als blinde Karawane weiter, dem Geräusch seiner klatschenden Flügelstummel nach, ohne zu wissen, wohin.

Das Kind steht entschlafen mit gekreuzten Händen. Sein Kopf ist leicht geneigt. Es hat die Augen geschlossen. In seinem Rücken strecken zwei aneinandergenagelte Balken ihre Enden in alle vier Weltgegenden aus. Das Kind steht aufrecht in seinem eigenen Grab. Eine Wolke von Ereignissen hat sich zusammengeballt und entlädt sich rings um das Kind. Vor dunklem Hintergrund zucken Episoden auf. Sie erscheinen alle zugleich und zugleich alle isoliert, Bilder eines traurigen Ausschneidebogens. Das Kind hat keine Wahl. Sein Schicksal kreist als Halo um seinen Leib, ein Ring aus Elementen, von denen es nicht berührt wird, die aber alle auf es einstürzen. Freischwebende Fäuste ohrfeigen das Kind und schwingen eine Rute. Zwei Hände werden mit klarem Wasser übergossen und in einer Schüssel gewaschen. Andere zählen Silberlinge ab. Ein behelmter Kopf erscheint, der auf das Kind speit. Man sieht einen Hammer, eine Zange, eine Lanze, zwei Geißeln, eine Martersäule, einen Essigschwamm, eine Leiter, drei Würfel, einen Purpurrock. Man sieht einen Hahn. Man sieht Sonne und Mond, schwarz verfinstert, dunkler als der dunkle Hintergrund. Das Kind steht inmitten der Aufzählung, inmitten der Schmerzen der Welt, die es umkreisen wie Erinnerungen. Es hält seine Hände gekreuzt vor dem Leib. Es ruht einen Moment lang aus, bevor es wieder aufwachen wird.

Maat ist allein. Die Fliege, die vormittags über die Heiligenscheine lief, liegt auf dem Boden. Die Schulklasse, die sich vor den Bildern zusammendrängte, ist zerstoben. Die interessierten Damen aus fremden Städten sind in ihre Hotelzimmer zurückgekehrt und lesen nach, was sie gesehen haben. Nur die Museumsführerin denkt noch an Maat. Sie erinnert sich daran, wie er einen Namen sagte. Meister der Darbringungen, sagte er. Sie hat das Gefühl, Maat zu kennen, aber sie weiß nicht,

woher. Sie sieht Maats Gesicht nahe vor sich, darüber einen gewaltigen Himmel.
Maat hat sich abgeschliffen auf seiner Bahn. Seine Uniform paßt nicht mehr richtig, scheint zu groß zu werden. Im Gehen tritt er manchmal auf die eigenen Hosenbeine. Seine Hände verschwinden in den Ärmeln. Das Licht im Museum ist schwächer als früher. Maat muß näher an die Bilder herangehen, um sie zu erkennen. Er denkt an die Museumsführerin. Er hört sie reden. Eine lebende Schrift, sagt sie, die ihre Worte mit Fleisch bedeckt. Maat sieht ihr Gesicht vor sich. Er glaubt, er habe es schon einmal gesehen, darüber einen gewaltigen, fernen Himmel, der gemalt wirkte.

*

Der Spielleiter suchte nach einem Kandidaten. Jener Herr in der letzten Reihe, der sich so zurücklehnt, als ob ihn das alles nichts anginge! Adam duckte sich. Adam, rief der Spielleiter, der erste Mensch! Alles lachte. Kommen Sie bitte zu mir herunter! rief der Spielleiter. Adam war ein zögernder Hüne, mit einem Kindergesicht, durch das Stürme liefen. Er kam die blinkende Treppe herunter. Der Spielleiter nahm ihn an der Hand und zog ihn ans Ratepult. Adam, sagte er, wir haben hier drei Tore: Technik, Abenteuer, Freizeit. Durch welches wollen Sie gehen? Adam wiegte sich vor und zurück auf seinen großen Schuhen. Er holte die rechte Hand aus der Hosentasche und führte sie in einem eigenartig ungelenken Bogen vor dem Körper nach links. Er schob den Ärmel des Jacketts hoch, als gäbe es etwas für ihn zu tun. In Adams Gesicht arbeitete es. Seine Hände, vor aller Augen, verrichteten Übersprungshandlungen. Sie übersprangen Hindernisse, die nur für Adam sichtbar waren. Der Spielleiter kippte sein Mikrofon vor Adams Mund. Freizeit, sagte Adam schließlich mit einem Lächeln, in dem ein Schaf und ein Wolf aneinandergeschmiegt lagen. Das Freizeittor öffnete sich. Man sah einen Teufel aus Plüsch. Adam! rief der Spielleiter in charmanter Verzweiflung, Abenteuer wäre die richtige Wahl gewesen! Bitte, rief er, zeigen wir Adam, was er nicht gewonnen hat! Hinter dem Tor, das Abenteuer hieß, öffnete sich eine Landschaft, grün und blau bemalt. Das wäre etwas gewesen! rief der Spielleiter. Er hatte es schon oft gerufen, aber noch nie hatte er einen Kandidaten so langsam zugrunde gehen sehen wie Adam.

Adam verstand nicht gleich. Er beugte sich hinter dem Spielleiter vor, um in das geöffnete Tor zu blicken. Er sackte leicht in die Knie. Sein Körper beschrieb einen Kreis abwärts, eine kleine Höllenfahrt. Die Kamera verlor ihn. Als er wieder auftauchte, hatte er die Augen geschlossen, und sein Mund stand offen. Für kurze Zeit war Adam ein Schmerzensmann. Dann riß er seine geballten Fäuste hoch. Adam, mit zusammengepreßtem Gesicht, war ein Kind, das nicht gehorchen will. Er schlug die Augen wieder auf. Er versuchte, etwas zu halten, was er hinter einer hohen Mauer hatte zurücklassen müssen.

*

Maat löst seine auf dem Rücken verschränkten Hände. Aus ihrem Schlaf geholt, blinzeln sie ihn weiß und fleischig an. Sie erwarten, bald in die Handgriffe des Feierabends zu verfallen, an ihre durchgescheuerten Plätze, an die ausgehöhlten Stellen in der Luft, von denen aus sie Maats Uniform aufknöpfen, ihm durch die Haare streifen und ihm helfen, in Hemd und Hose zu kommen. Statt dessen zieht er sie so langsam, als zöge er sie durch Wasser, hinter seinem Rücken hervor.

Das Kind, gehüllt in einen wehenden roten Mantel, auf dem sich Sterne drehen, zerbricht das Höllentor. Die stürzenden Torhälften bilden ein Kreuz.

Sie begraben Dämonen unter sich. Das Kind hebt die Kreuzesfahne, um Luzifer, den zottigsten Dämon, einen Bock mit gedrehten Hörnern, zu durchbohren. Luzifer kauert auf allen vieren. Das Kind setzt einen Fuß auf die geborstene Wand zwischen Erde und Hölle. Adam und Eva taumeln ihm entgegen, in ihrem Rücken die schwarze Burg, der sie entrinnen. Adam hat die Arme geöffnet und versucht, das auf ihn einströmende Licht zu umarmen. Eva blickt auf den Boden, der übersät ist mit Blumen. Auf den Zinnen der Burg hocken Dämonen und strecken ihre Zungen heraus. Sie werfen Steine nach den Erlösten. Sie äffen mit gekreuzten Handgelenken das Schicksal des Kindes nach. In einer schuppigen Ecke der Burg blicken die zusammengedrängten Köpfe Davids und Salomos aus einem Verliesfenster. Die Hölle spuckt ihre Gefangenen aus. Sie liegt bezwungen, ein ausgeweidetes Tier, aber das Kind, mit Wundmalen an Händen und Füßen, ist unbeteiligt. Es überwindet die Mauern der Welt als göttlicher Schlafwandler. Auf seinem roten Mantel drehen sich die Sterne. Das Kind zerbricht die Hölle, ohne hinzusehen; es blickt aus dem Bild, nach oben, weil diese geschleifte Burg nur der Sockel eines Berges ist, den das Kind bezwingen muß bis zum weit entfernten, umwölkten Gipfel.

Maats Hände versuchen sich zurechtzufinden. Sie schnappen nach Luft. Maat bringt sie langsam, gegen den Widerstand der Jahrhunderte, in die Nähe der Sammlung. Er zeigt ihnen die alten Bilder. Er zeigt ihnen eine Gegend, in der Himmelsleitern wachsen; eine Gegend, in der Menschen sich verständigen wie Taucher, mit wenigen, wiederkehrenden Gebärden, deren Bedeutung sie alle kennen, umhüllt von einer Atmosphäre, in der Wunder schwerelos auf- und niedersteigen. Maats Hände blinzeln. Das Museum hält ganz still. Niemand sieht, was Maat in den leeren Sälen tut.

*

Manchmal tischte der Spielleiter Fragen auf, die kurz vor dem Abendbrot ein Loch in den Weltraum rissen, durch das die Kandidaten hinausgesogen wurden und verschwanden. Meinen Sie mich? sagte Luise, ohne aufzublicken. Ihr Verstand war dabei einzuschlafen; er spielte mit sich selbst wie zwei in einem Schoß umeinanderkreisende Daumen. Sie glitt bei Neumond übers Eis. Hinter ihr schlug ein Junge auf den gefrorenen Kanal ein, auf dem sie dahinglitt. Irgendwo vor ihr waren andere unterwegs, schabten durch die Dunkelheit und hinterließen Spuren. Um gesehen zu werden, trug Luise einen angezündeten Schilfrohrkolben im Mund. Er erleuchtete ihr Gesicht und erhellte auch das Eis, als sie anhielt und sich bückte. Unter ihren Füßen war ein Schatten. Luise mußte mit dem Gesicht ganz nahe an das spiegelnde Eis herangehen, bevor sie erkannte, daß ein festgefrorener Fisch aus dem Kanal heraus anstarrte.

Wie lange vorher müssen Wissenschaftler sich anmelden, wenn sie einmal durch das Hubble-Teleskop schauen wollen? wiederholte der Spielleiter seine Frage. Meinen Sie mich? sagte Luise, ohne aufzublicken. Sie beobachtete ihre eigenen Lippen, während sie die Worte formten. Die Lippen froren schräg und fremd auf dem Monitor-Bild ein. Luise war sich nicht sicher, ob sie wirklich sich selbst sah, großäugig, regungslos, vom Monitor eingefangen. Zur Probe strich sie mit einem Finger über die Scheibe, um zu erfahren, ob ihr Finger auch von hinter dem Bildschirm auf sie zukäme. Statt dessen erschien der Spielleiter. Wie lange gucken Sie die Sendung schon? fragte er. Seit immer, sagte Luise. Sie spürte, daß der Spielleiter sie hochhob und an seine Brust drückte.

*

Es ist die Jahreszeit gedeckter Farben. Es wird früh dunkel. Ein Bus fährt vorbei, ganzflächig bemalt mit Werbesätzen. Da hilft kein Träumen, hilft kein Spinnen, wer Lotto tippt, kann viel gewinnen. Die Leute, die hinter den bemalten Buswänden sitzen, sehen kurz die erleuchteten Fenster des Museums. Sie fahren vorbei an den im Museum aufbewahrten Dingen und denken dabei an die Dauersendung, die gleich in ihrem Wohnzimmer anfangen wird. Sie denken an das Glück, das nicht mehr verlorengehen kann, weil doch seine Tapete stehenbleibt, sein Zuhause, in dem es aufgeräumt umherläuft und jeden Abend mit Geschenken um sich wirft. Sie erwarten Assistentinnen, die auf ihren himmelwärts gekehrten Handflächen Bügelbretter, Massagesessel und Höhensonnen balancieren werden. Eine Stunde lang wird die Welt sich so zuverlässig bewegen, als liefe sie am Schnürchen. Die Leute, die jetzt auf dem Nachhauseweg sind, sehen das Museum nur aus den Augenwinkeln. Es liegt an ihrem Wegrand, eine stumme, gestrandete Masse. Sie wissen nicht, daß Maat in einem der Säle steht und versucht, die Sprache alter Bilder wiederzuerwecken. Sie wissen nicht, daß er versucht, aus der Vergangenheit zu schöpfen.

Das Kind ist verschwunden. Wie durch ein Schlüsselloch sieht man zwei Frauen am leeren Grab. Der aufgespannte Goldgrund färbt sich rötlich. Das Grab schwebt geöffnet im Raum. Auf dem Sarkophagdeckel sitzt ein mächtiger Engel und erschreckt die beiden Frauen. Eine davon ist Maria Magdalena; sie trägt eine Salbbüchse und ein Weihrauchfaß. Sie hat geholfen, das Kind in sein Grab zu legen. Jetzt sucht sie es vergebens. Nur die Tücher, in die es gewickelt war, bilden ein verschlungenes Zeichen. Der Engel, mit flammendroten Haaren und Flügeln, erzeugt eine Druckwelle, vor der die beiden Frauen zurückweichen und sich aneinanderdrängen. Seine Rechte grüßt sie; seine riesenhaft ausgestreckten Finger weisen ihnen zugleich den Weg, den das Kind gegangen ist. Die Frauen haben ihre Augen so weit aufgerissen, daß sie den Engel nicht mehr sehen, sondern nur noch schauen können. Das Kind, das nicht mehr in seinem Grab liegt, kann jetzt überall sein. In der Mitte des Bildes prangt die gewaltige Hand des Engels.

Als erste Gebärde übt Maat die Begrüßung. Der Museumswärter Maat, mit abgewetzten Schuhen, mit einem Rückgrat, das ein schmerzendes, zusammengerolltes Seepferdchen ist, steht im Mittelalter und beschwört die Nähe anderer Menschen. Er möchte, daß man ihn aufnimmt. Er möchte in einem Rahmen leben. Maat buchstabiert seine Wünsche: den Wunsch, versiegelte Momente zu öffnen; den Wunsch, hereingezogen zu werden in eine Welt, in der das Wort Vermögen nichts mit Geld zu tun hat. Maat, der spürt, daß die alten Bilder in Bewegung geraten, strengt sich an. Noch steht er mit beiden Füßen auf dem Museumsboden, aber schon sieht er, daß die Hinweistafeln, die an den Wänden angebracht sind, um die Besucher durch die Sammlung zu leiten, undeutlich werden. Die Hinweistafeln, die zur Orientierung gedacht sind, scheinen plötzlich in alle Richtungen zu zeigen. Maat spürt, wie im Museum eine Druckwelle aufkommt und ihn vor sich her treibt.

*

Im Studio lag eine Kugel aus Styropor. Sie war mit Sonne, Mond und Sternen bemalt und hereingerollt worden, als das Studio noch vor Leere gähnte. Der Spielleiter erläuterte, daß ihr Inneres hohl sei. Leichthändig stieß er sie ein wenig an. Aus der Kugel drang ein leises Pochen. Er erklärte, daß sich hinter ihren 40 Zentimeter dicken Wänden eine vielarmige Hoffnung verstecke und dabei sei, zu schlüpfen. Das Pochen wurde lauter. Kurz und gut, sagte er, in diesem Ei stecken sie, unsere Kandidaten, und wir werden sehen, ob es ihnen gelingt auszubrechen, bevor der Luftvorrat da drin verbraucht ist. Das Publikum klatschte. Es schwenkte Fähnchen, auf denen die Wohnorte der Kandidaten aufgedruckt waren. Fausthiebe erschütterten Sonne, Mond und Sterne. Die Kugel kam langsam ins Rollen. Der Spielleiter brachte sich lachend in Sicherheit, als der erste Fuß durchbrach und zappelnd im Freien steckenblieb. Dann kamen mehrere Arme, die nach Halt rangen, bis die Kugel über sie hinwegrollte. Das Publikum feuerte die kämpfenden Körperteile an. Während die Kugel ihn wie ein toll gewordenes Nadelkissen überallhin verfolgte, gespickt mit entschlossenen Gliedmaßen, rief der Spielleiter ein übers andere Mal: Ist doch ein Spiel! Sesam öffne dich! aber die zitternden Glieder, die durch den Sternenhimmel stießen, wurden so zahlreich, daß die Kugel auf Händen und Füßen laufen konnte. Schließlich erschien ein Kopf zwischen einem Band gekräuselter Wolken. Der Kandidat, der es geschafft hatte, trug einen Sturzhelm und starrte ins klatschende Publikum, hinaus aus seiner Sphäre, die ihn noch bis zu den Schultern umschloß, hinein ins Glück, in dem unerforschte Welten musizierend auf ihren Bahnen kreisten. Vor seinen Augen drehte sich alles.

*

Maat, dessen Dienst bald zu Ende geht, ist im Museum nur noch halb vorhanden. Es scheint, als rage er innerlich bereits in eine andere Landschaft. Maat macht seine letzte Runde. Die Bilder hängen an den Wänden, vielleicht ein wenig aufeinander zu gerückt, vielleicht ein wenig größer geworden, vielleicht alle die Teile eines einzigen, zusammenhängenden Bildes, in dem die einzelnen Episoden einer Geschichte alle gleichzeitig stattfinden, in dem sie sich alle in einem Raum verteilen, nur getrennt durch ihre Orte. Maat sucht nach dem Ort, nach dem Teil der Geschichte, an dem er erfaßt wird von dem Wind, der in ihr weht.

Maria Magdalena hat die Hoffnung nicht aufgegeben, das Kind wiederzufinden. Sie betritt den blühenden Halbkreis eines Gartens. Erdbeeren und kleine Blumen bedecken den Boden wie ein Teppich. Lilien und Stockrosen ragen auf und verflechten sich zu einer Wand. Bäume wachsen in den Himmel. Im Halbkreis des Gartens herrscht eine dunkelgrüne Stimmung. Maria Magdalena sieht sich um und erblickt den Gärtner. Er kommt auf sie zu. In seiner Linken hält er einen Spaten. Seltsam genug, scheint der Gärtner nicht auf dem Boden zu stehen, sondern leicht darüber zu schweben. Nur seine Zehenspitzen berühren die Erde. Er blutet aus fünf Wunden. Dies sind meine fünf Sinne, derer ich nicht mehr bedarf, sagt er; dies sind die fünf Finger meiner Hand: sie wird sich um nichts mehr schließen. Maria Magdalena erschrickt. Sie erkennt das Kind. Sie fällt auf die Knie und möchte es anfassen. Nein, sagt das Kind. Es hebt seine Rechte zum Segen über Maria Magdalena. Ihre langen Haare, die einst die Füße des Kindes trockneten, reichen, nicht ganz durch ein Tuch verhüllt, bis auf den Boden. Ihre Hände, die den Leichnam des Kindes salbten, sind emporgehoben vor ihre Brust und bilden, ohne einander zu berühren, eine Wölbung, ein sanftes, durchlässiges Gefängnis, das den Moment zu behüten sucht, in dem sie ein letztes Mal dem Kind begegnet. In dem umfriedeten Garten erscheint das Kind, um ihr Trost einzupflanzen. Berühre mich nicht, sagt es, du kannst mich in dir selbst finden.

Maat bereitet sich darauf vor, das Museum zu verlassen. Eine Sekunde lang glaubt er, er höre Wellen an eine Küste schlagen. Sein Schlüsselbund wird leichter mit jedem Schritt. Maat zieht die Vorhänge vor die Fenster. Er richtet alles für den ungestörten Schlaf der Bilder. Er reguliert die Geräte. Er kontrolliert, ob jemand sich versteckt, ob vielleicht einer hinter den Vorhängen steht, der nur darauf wartet, übersehen zu werden, der im Schutz der Dunkelheit die wehrlosen Bilder anfallen will. Maat leert das Museum. Er löscht das Licht in einem Saal nach dem anderen. Seine Schritte knarren auf dem Parkett. Die Bilder verschwinden. Maats Tag schließt sich wie eine Faust.

*

Einmal schien der Spielleiter unter der Decke zu schweben. Ich grüße Sie, rief er, vom heißesten Platz im ganzen Studio! Hier sind es 49° im Schatten! Er stand in einem Beleuchterkorb hoch über dem Rahmen der Sendung. Zum ersten Mal zeigte er sich in Turnschuhen. Zum ersten Mal war er unvorteilhaft ausgeleuchtet, und man sah seine großporige Haut und den Schweiß auf seiner Stirn. Er wirkte müde. In der Hand hielt er ein Mikrofon, den Fruchtknoten einer kahlen Blume, von der im steten Wind der Worte alle Hüllblätter abgefallen waren. Tief unter ihm quoll das Saalpublikum herein. Es wurde auf seine Plätze gewinkt. Es schien den Spielleiter, der über ihm schwitzte, nicht zu bemerken. Er schwebte auf der Höhe der Aufnahmeleitung, in einem Bereich, von dem aus normalerweise Finger durch Wolken stießen und ihn dirigierten. Das Studio sah sehr klein aus. Lauter kleine Kameramänner richteten ihre Kameras auf die Schiebetür, in der gleich der kleine Spielleiter als gefallener Engel erscheinen mußte. Noch schwebte er unter der Studiodecke, überwölbt von schwarzen Scheinwerfern, die jeden Moment aufflammen konnten. Er beugte sich verschwörerisch vor. Bleiben Sie dran, sagte er.

*

Maat? fragen die Kollegen durch die Nase. Maat ist immer der letzte, der geht. Maat, sagen die Kollegen, kommt als erster und geht als letzter. Maat kann man im Gehen, sagen sie, einen Knopf an die Hose nähen. Gelächter brandet durch den Umkleideraum. Die Kollegen schlüpfen aus ihren Uniformen und fahren sich mit Kämmen durch die Haare. An den Wänden des Umkleideraums steht Schwitzwasser. Die Heizung pocht. Der Tag ist ein graugrüner Monolith, wie alle anderen Tage. Die Kollegen freuen sich auf zu Hause. Sie freuen sich auf ihr Abendessen. Sie freuen sich auf die Sendung Glücksspagat. Als sie fort sind, hängen nur noch Maats Hemd und Hose an der Wand, schlaff und verlassen auf Maat wartend, um mit ihm zum letzten Mal aus dem Umkleideraum in die frühe Dunkelheit des Abends zu gehen, tieffliegenden Vögeln und wehenden Zeitungen entgegen.

Vor einem punzierten Goldgrund, vor einem Grund, auf dem, ungleichmäßig abgeblättert, eine Art Wetter herrscht, drängen sich die Jünger zusammen. Ihre Gestalten sind schmal und lang, ohne Schwere, als würden sie in die Höhe gezogen. Eben noch war das Kind unter ihnen, und sie glaubten, einen Geist zu sehen. Was seid ihr so erschrocken? sagte das Kind. Sehet meine Hände und meine Füße, ich bin's selbst. Das Kind verläßt sie. Ihr aber, sagt es, sollt in der Stadt bleiben, bis daß ihr angetan werdet mit Kraft aus der Höhe. Das schattenlose Gold bildet kleine Strudel. Am oberen Bildrand erscheint eine Wolke. Sie erfaßt das Kind. Sie hebt es hoch, so daß es für die Jünger zur Hälfte im blauweißen Wolkensaum verschwindet. Sie legen ihre Köpfe in den Nacken. Sie blicken in den Himmel. Ihre Heiligenscheine ähneln einer bewegten Wasseroberfläche. Ihre Hände steigen unwillkürlich nach oben. Sie folgen dem Kind ein Stück weit. Sie wollen es nicht gehen lassen, versuchen aber nicht, es festzuhalten, sondern werden mitgerissen in die Gebärde der Zeugenschaft, bereit, was sie erfahren haben, weiterzutragen unter diejenigen Menschen, die nicht zum geöffneten Himmel aufsehen. Die Gruppe der Jünger hat sich geteilt. In ihrer Mitte ist ein schmaler Leerraum entstanden, ein Kamin, bevölkert von aufsteigenden Händen, die dem Sog folgen, aber dennoch zurückbleiben. Im Hintergrund wird ein brauner Fels sichtbar. Er trägt die letzte Spur, die das Kind auf der Erde hinterläßt. Es ist der Abdruck seiner beiden Füße.

Maat hat sich im Museum einschließen lassen. Er geistert durch die finsteren Säle, mit einer Taschenlampe, die unvermittelt Gesichter und Einzelheiten aus der Dunkelheit holt. Er kreist auf derselben Bahn, auf der er immer kreiste, aber er sieht die Bilder, wie er sie noch nie gesehen hat. Sie scheinen auf ihn zu warten. Maat sucht nach der Stelle, an der das Mittelalter sich öffnet, um ihn einzulassen. Das Licht seiner Taschenlampe wandert als tastender Mondschein über die Bilder. Salomos Hand leuchtet auf. Gott schöpft die Welt aus der Tiefe; sein karmesinroter Mantel weht.

Adam umarmt sich selbst während seines ersten Schlafs. Eva hält eine Kugel vor ihr Gesicht. Die ersten Menschen stolpern bergab, auf eine Hacke und eine Spindel zu. Gabriel legt seine zerzausten Flügel zusammen. Ochse und Esel zwängen ihren Kopf aus der Schwärze. Das nackte Kind schwebt über dem Boden; es hat die Hände erhoben und segnet alles, was es sieht. Joseph führt einen Esel am Strick, entlang dunkler Bäume, deren Blätter schimmern. Die Hände des Versuchers strecken dem Kind Steine entgegen. Wind bläst aus Dämonenschnauzen. Das Kind besänftigt die Fluten, zieht Petrus, der mit aufgerissenen Augen versinkt, aus der tiefen See, wacht allein in einem nächtlichen Garten. Ein abgeschlagenes Ohr liegt zwischen Blumen. Das Kind hält seine Hände gekreuzt vor dem Leib. Adam und Eva stolpern aus einem schwarzen, aufgerissenen Schlund hervor. Gottes blauer Rocksaum erfaßt das Kind.
Maat geht in seinen eigenen Fußspuren, um einen Ausweg zu finden.

*

Die letzte Runde des Spiels hieß Superspiel. Wenn das Welttheater, das in einer Piratenschatzkiste stattfand, schon beinahe am Ende war; wenn der tränenförmige Schmuck an Clara Schumanns Ohren, die wasserdichten Taucheruhren und die Gardinengutscheine verteilt waren, wurde es Zeit, den Schleier von den Dingen abzureißen. Nackt und gleißend erschien der einzige Wert, der nicht vergeht: eine alterslose, überirdisch schöne Offenbarung. Die Kandidaten kniffen die Augen zusammen. Was sie sahen, war Gold. Es war an den Wänden hoch bis zur Decke gestapelt, bedeckte den Fußboden und blendete jeden, der dieses Wohnzimmer betreten wollte. Es zog die Kandidaten magisch an und wies sie doch zurück; es ließ sie verloren vor seinem Hintergrund stehen. Im Studio wurde es ganz still. Die Goldbarren lagen als massive Vorstellwände aufgeschichtet. Das Licht der Scheinwerfer spiegelte sich in ihnen. Der Spielleiter räusperte sich. Wie ich unsere Assistentin Marion kenne, sagte er, wird sie die Barren gerne austeilen wollen! Marion stand auf einem Bein, das andere selbstvergessen angewinkelt, am Rande des Bildes. Auf ihr Stichwort hin hob sie den linken Ellenbogen und schwang ihre Hand in einem unwirklich schwebenden Halbkreis auf das Gold zu. Die Kandidaten und die Zuschauer verzehrten sich. Sie waren in Marions Hand, ergriffene Däumlinge im Reich des Glücks.

*

Maats Taschenlampe leuchtet im Museum. Das Licht streift die Bilder. Hände züngeln wie milchweiße Flammen hoch. Maat geht. Er ist unterwegs an den Grenzen seiner sphärischen Welt; er hört Wellen schlagen; er verliert allmählich den Boden unter den Füßen. Er ist überflüssig geworden. Maat ist ausgesetzt. Er irrt durch eine Gegend, die nachts zu erwachen und sich auszudehnen scheint. Maat erkennt das Museum kaum wieder. Seine Wände sind verschwunden. Überall tauchen die Bilder auf in einer neuen, eigenen Gegenwart, an Orten, die nichts mehr mit ihrer Hängung zu tun haben. Sie haben sich zusammengeschlossen zu einem nächtlichen Horizont. Maat sucht nach einem Bild, das ihm entgegenkommt, das still die Segel bläht, das bereit ist, ihn an neue Ufer zu tragen. Er sucht nach einem Platz, der für ihn freigehalten wurde. Vor ihm erstreckt sich Die Irrfahrt auf dem Meer. Wie ein großes Fischnetz liegt das Meer ausgebreitet, grüngolden unter lückenlos goldenem Himmel, mit Wellen, die haarfeinen Firnisrissen ähneln, opak und weit. Es scheint auf Maat zu warten. Draußen vor der Küste schimmern Felsen. Maat tritt etwas zurück, um die ganze Landschaft sehen zu können. Sie reicht tief in die

Vergangenheit. Sie verliert sich in der Ferne. Zwischen den der Küste vorgelagerten Felsen wird das Wasser heller und geht in das große Weltmeer über. Plötzlich hört Maat Schritte. Er hört, daß außer ihm noch jemand im Museum ist. Maat richtet den Kegel seiner Taschenlampe gegen die Schwärze. Als er ihn erfaßt hat, blickt Maat in die wächsernen Augen des Museumsdirektors. Bis auf den Wellenschlag ist es im Museum vollkommen still. Weder Maat noch der Direktor bewegen sich. Dann hebt der Direktor seinen rechten Arm und beginnt, ein weißes Tuch auf und ab zu schwenken.

Maria Magdalena, vom Kind zurückgeschickt unter die Menschen, fühlt, daß alles ihr entgegensteht. Sie weiß nicht, wohin. Die Erde ist leer ohne das Kind. Maria Magdalena stößt gegen fremd gewordene Bäume und Steine. Sie geht vorwärts durch ein Gestrüpp dorniger Gesten. Dann gelangt sie an eine Küste. Sie hört Wellen schlagen. Ihr Kopf ist voller Bilder. Sie ruft nach dem Kind. Aus der Leere kommen Leute gelaufen, nehmen Maria Magdalena gefangen und beschließen, sie zusammen mit anderen, die nicht aufhören, nach dem Kind zu rufen, auszusetzen in einem Boot ohne Ruder. Maria Magdalena blickt aufs Meer.

Über ihr und ihren Gefährten wölbt sich der Himmel. Er wiederholt sich in den Heiligenscheinen, die sich um ihre Köpfe schließen. In der Mitte des Bildes ragt der bekreuzte Mast auf. Das Boot ist bereit. Das Meer erwartet Die Irrfahrt der Heiligen. Maat tritt näher heran. Unter den im Boot zusammengedrängten Menschen hat er ein Gesicht erkannt. Die Jahrhunderte vergessend, erkennt Maat das Gesicht der Museumsführerin neben dem Mast eines wartenden Bootes. Sie lächelt, als sie ihn sieht. Maat spürt, daß etwas in ihm aufspringt und gegen das Gitter seiner Rippen stößt. Er hört die Museumsführerin reden. Der Meister von Tiefenbronn, hört er sie sagen. Ein geheimnisvoller Maler, sagt sie. Das Meer, sagt sie, ist in einzigartiger Weise auf eine Zinnfolie aufgetragen. Ein Altar des Abschieds. Auf dem Rahmen, sagt sie, steht eine Inschrift, die keiner genau datieren kann. Maat liest: Schri * kunst * schri * und * klag * dich * ser * din * begert * iecz * niemen * mer. Schrei, Kunst, schrei, sagt die Museumsführerin, und klage sehr, dich begehrt jetzt niemand mehr. Maat sieht sie an, dann blickt er wieder auf das Meer, das sich in der hellen Ferne verliert. Wortlos überspannt der Himmel eine Landschaft, die wirklich werden will. Das Boot, in dem die Museumsführerin sitzt, schaukelt leicht hin und her. Sie lächelt Maat an. Maat hebt seine Hände zur Begrüßung. Er läßt die Taschenlampe fallen. Er geht an Bord.